生きてく工夫

南伸坊

春陽堂書店

はじめに

「生きてく工夫」って、見ようによっちゃあ「ずいぶん大きく出たな」という題です。

でも、当然ですが、工夫の「お手本」を示そうなんて大それたことを言うつもりではないので、私は、この「工夫」するっていうのが好物なんです。

なんか、せこい「工夫」を思いついたり、考えたりするのが好きなので、なにかと工夫します。それで『きょうの健康』っていう雑誌に健康エッセーを依頼されたときに、私がこれから、するだろう色々な工夫について書こうト、そう思った。

読み返してみると、ほとんど大した工夫はしてません。

ところが、おどろいたことに、毎月からだに何らかの不如意がおこりまして、書く材料に困るということがなかった。

別におどろくことはないので、六十八才から七十一才までの四年間の連載ですから、体のあちこちに問題が起きて普通です。

高齢になっておこり勝ちな症状といったらまァ、新聞や週刊誌なんかで、よく話題になってる、病気本の広告に出てくるようなことが、たいがいの人には起こってくるのであって、私の場合も、骨粗鬆症だの、めまいだの、狭心症だの、色々出ました。

その都度、びっくりしたり、あわてたりしたそのままを書いているんで、「どたばた」報告として、ちょっと笑えるかもです。

目次

生老病死を考える

誰がいつから言いはじめたのか、くわしく知りませんが、「生老病死《しょうろうびょうし》」の四苦っていうことを言いますね。

「四苦八苦だよ」なんてことも言います。この八苦というのは、生老病死の四苦に加えて、あと四つの苦しみがある。足して八苦ですなんつって、ムズかしい四字熟語をならべられると、それだけでもうややこしくて、やんなります。

老病死は、誰もが「やだなぁ」と思ってることだからなんとなく納得してしまう。でも「生」の苦ってなんですか？

「生きてるってすばらしい！」とかよく言うじゃないですか。

「生きていればこそ、いいこともある」とかも言う。「命あってのものだね」とか言いますよ。「そうだね」なんて合いの手入れたりもする。

でもまァ、よくよく考えると、生きてくのってけっこう大変なのよ、という実感も大人は持っていますよね。

そうです、生きてくって実は悩みの種ですよ。ややこしい四字熟語のほうも、

○愛するものと離れる苦
○やな奴に出会う苦
○ほしい物が手に入らない苦
○心と体が思うままになんない苦*

と説明されると、そうそう、そうだよ生きていればこそ、そういう悩みの種が出てくるんだ、と納得します。

たしかに、生まれてきて「生きてる」から、病気にもなるし、月日が経《た》てばだ

んだん老化もする。そうこうするうちに死んでしまうわけでした。

でも、死んでしまえば、もう悩むもなにもないんだから「死」ぬのが「苦」はおかしい。むしろ「生」きてる悩みで「苦」しみです。死んだらどうなるんだろう。死ぬときは痛いかな。どんな気分かな。やだろうなあ、と、まだ死んだことがないので、いろいろ心配する。

実は、この苦しみを分類して四つにする、四苦にする、っていうのは、大昔のインド人や中国人のやり方で、われわれ現代人とはぜんぜん考え方が違うのじゃないか？

苦しさを感じるのは生きてるからだから、まず「生」きてるっていう「苦」がある。その「苦」を分類したのが「老」「病」「死」です。三つとも一文字で書ける。そのほかに四文字使わないと書けない「苦」が四つあって、これをあわせて七苦あると、これが現代式の「分類」ですね。

こんなことを言うのは、昔、ボルヘスっていう人のエッセーの中に、とても

すっとんきょうな分類法の話を読んだことがあるからです。これがものすごくおもしろすぎるんで、思わず

「ウソだろ⁉」

と叫んでしまった。

「シナのある百科事典」というものにあるというその分類がどういうのかというと。

「動物は次のごとく分けられる。

(1)皇帝に属するもの

(2)香の匂いを放つもの

(3)飼いならされたもの

(4)乳呑《の》み豚

(5)人魚

(6)お話に出てくるもの
(7)放し飼いの犬
(8)この分類自体に含まれているもの
(9)気違いのように騒ぐもの
(10)算《かぞ》えきれぬもの
(11)駱駝《らくだ》の毛の極細の筆で描いたもの
(12)その他
(13)いましがた壺《つぼ》をこわしたもの
(14)とおくから蠅《はえ》のように見えるもの」

「作り話だろ」と最初は思ったけど、作ったにしては、あまりにも現代人ばなれしてる。昔の人はこんな分類を平気でしたのかもと思えてきました。

四苦だの八苦だのって「苦」を分類したっていうのも、われわれ現代人とはやり方が全く違ってるかもしれない。

われわれから見たら、「生」のなかに「老」「病」「死」が入っているし、あとの四つもやはり、「生」の「苦」の各論と言っていいでしょう。

しかし、ここにきて新たな疑問点も生じました。われわれ現代人と、昔のインド人や中国人が違うなら、「生老病死」の「苦」という時の「生」を「生きてること」と捉えていいのか？　「苦」を「苦しい」と捉えていいのか？　ということです。

どうですか？　じゃあこの続きは次回ってことにしましょう。

＊順に、愛別離苦《あいべつりく》、怨憎会苦《おんぞうえく》、求不得苦《ぐふとくく》、五蘊盛苦《ごうんじょうく》。

生まれ方は選べない

前回は「生老病死《しょうろうびょうし》」の「生」ってなんだ？　四苦の「苦」ってなんだ？　という疑問を呈したのでした。

「老、病、死」の「苦」は分かる。「生の苦」というのが「生きることの苦しみ」という意味なんだとしたら、それはつまり、老であり病であり死に対する不安のことなのではないか？　という理屈です。

そうして、これは現代人の考える分類法と、古代人の分類法が異なっているための齟齬《そご》なんじゃないか？　と推理するところまでいった。

ところが、これを調べているうちに、新たな解釈が浮かび上がってきたんです。

つまり「生」→生きること。「苦」→苦しむこと、苦しいこと。っていう前提が、そもそも間違ってんじゃないの？　っていう説です。

この「生老病死」の話というのは、たしか、王子さまだったお釈迦《しゃか》さまが外出したとき、王宮の門のとこでイキナリ、生まれたての赤ン坊とか、よぼよぼの爺《じい》さんとか、よれよれの病人とか、死にたての死人とかに、一時に出会ってしまうとかっていうのが発端でした。

そう、赤ン坊。「生」は「生きる」じゃなく「生まれる」のほうだったんです。そうして、「苦」というのは「苦しみ」っていうよりも「思い通りにならない状態」を指しているというんでした。

つまり「生の苦」とは、どこでどういう具合に生まれてくるか、自分では選べない「生まれる」というのは「自分ではどうにもできないこと」なのだ。という意味だという解釈です。

そう考えると、たしかに老も病も死も自分の思うにはまかせない。あっちから勝手にやってくる、ということでつじつまが合いますね。

われわれ現代人は、これをなんとか、科学の力で「どうにかしてやれ」「できるはずだ」と思ってやってきました。

いろいろ工夫すれば、病気は治るし、アンチエイジングとかいって、老化にストップをかけられる。うまくすれば「死なない方法」だってあるんじゃないか？

そんなにカンタンに諦めることない。

でも「生まれる」はさすがに自分の意志ではどうにもなんないでしょ。いやいや、いずれタイムマシンが発明されれば、時空をさかのぼって、いろいろ変更できるかも、ってそこまでいう人、いますかね？

それより、現代の科学力で、なんとかしようと工夫してきた医療機関や、医薬品、治療法や手術で、果たして「老・病・死」をどうにかできたのかどうか？

できる可能性がまだあるのかどうか？

たしかに、以前なら死んでしまっていたような病気を克服して、死なないで済むようになったものもある。でも、その一方でいままではなかった病気や不都合も新しく出てきました。

医学や医療技術の発達が、かえって新たな問題をつくったりもしています。

科学や技術がさらに進めば、それだって思い通りになるはずだ。という考え方は、どうも、ちょっと違うんではないか？　と考える人が、未来を信じる人々よりも、ふえているかもしれませんね。

とりあえず、未来にすべてが解決する。お釈迦さまの時代には「科学」がなかったんだから、まァしかたないけど、ワルイけど、お釈迦さまの考え方は間違ってたよ、と心底、断言できる人はどれだけいるでしょう。

なんだか、いままで思い込んでいたバラ色の未来のほうが、あやしいかもしれないないなと、わりあい、みんな考えているんじゃないですかね。

そうなると、これからの人生は、お先まっ暗の丸々絶望的なんでしょうか？

「諦めるほかないのかなあ」

でしょうか？　そこですね。「諦める」ということを「絶望する」と同じように考えている人。どうなんですか？　そこ。「人生は苦である」と、諦めるっていうお釈迦さまの説は、人生に絶望するってのと同じだったんでしょうか？

冒頭で展開した「苦」の説明を思い出してみてください。苦っていうのは「自分の思い通りにいかない」っていう意味だと。だとしたら、全然、全面的に人生が絶望的ってんでもないですね。

「人生なんて、ままならないもんだよ」と、諦めた人なら、なんとでもなると思ってた人とは違うアイデアが生まれるんじゃないか？　と私は思うな。

次回は「諦める」について、ですね。

あきらめるを考える

「あきらめる」ってどんな意味だろう？　と思って辞書を調べてみようっていう人は、あんまりいないと思います。

日常的に使われているコトバだし、どういう時に使われるものかもよく知ってますからね。

でもあえて、辞書を引いてみると、諦《あきら》める「あきらめること」って出てます。なんだよ、と思いますよね。「思いきること」とも出ている。三つ目に「断念」とあります。かえってむずかしくなってんじゃん！　です。

ぜんぜん説明になっていないよなあ、ですよね。ところが、あきらめることのちょっとムズカシイ版「諦観」で調べてみると、やや様子が違ってくる。

諦観（ていかん）㊀「入念に見ること」で、㊁に「ていかん」ではなく「たいかん」と読む読み方がある、と書かれてあります。㊂あきらめること。って普通の語釈もありますが、むしろつけたりです。㊁の「たいかん」を調べてみると。なんと。

たいかん【諦観】仏教用語で明らかに真理を観察すること。

です。ずいぶんいつもつかってる語感と仏教用語の諦めるは違ってるじゃないですか。

日常的に諦めるといったら、もうやんなったからヤーメタとか、ダメっす限界す、あきらめます。とかっていう弱気、やる気なし路線です。なんだかずいぶん様子が違う。

諸般の都合により、やむなく断念するほかないト、このように考えとるわけです、っていうのともちょっと違います。

「明らかに心理を観察する」

ですからね、そうとう強気じゃないですか。たしかに「あきらめる」っていうのは「あきらかにする」ことだっていわれれば、音も似てる。

さらに、漢和辞典で「諦」の字を引いてみると、アキラめる（あきらむ）断念する、はっきりさせる、物の真実をよく見る、明らか。はっきり。くわしく、つまびらか。諦観（よく注意して見る）と、ますます強気です。

日頃つかってる、あきらめるっていうのには、本来なすべき努力を放棄する、意志薄弱のすーぐギブアップしちゃうカンジで、なんかヤキを入れにくる人が登場しそうなのに、実は、あきらめるっていうコトバには、全然違う顔があったんですね。

「人生はままならないものです」

というのは、だからまァ、しかたないギブアップしちゃっていいいんです。という思想とは、どうも違うらしい。

初志貫徹！　っていえば、たとえばコドモの頃の夢を、大人になるまで持ちつづけ、ついに「新幹線の運転手さん」になった人。なんかをほめる時の言葉です。コドモ（のうちの男の子）は、たいがい、新幹線にあこがれて、大きくなったら運転手になる！　っていう夢を持ったりします。そうして、そのうちの何パーセントかの子は、実際に新幹線の運転手になったりもするでしょう。

しかし、ここに新幹線にあこがれて「大きくなったら新幹線になる！」と決意した子がいたとします。

この夢は、常識的に考えて、かなえられることはないでしょう。

新幹線の運転手じゃなくて、新幹線なの？　新幹線そのものなの？　と聞いてみると、力強く「うん！」と答えるわけです。これは、大きくなるまでに、ちゃんとあきらめてもらう必要がありますね。

「人生は苦である」と諦めること、「人生はままならない」と諦観することっていうのは、いわばこういうことなのではないのか？

「人生なんてさァ、どーせ、苦しいことばっかなのよ。な〜んもいいことなんてないし、な〜んも楽しいことなんて、ないワケよ。楽しいとかさ、うれしいとかさ、そんなもんオレに言わしたらカン違い。どーせそのうち死んじゃうんだし」

って、そういう思想じゃない。

あ〜あ、もうやんなっちゃったなァ、ってガッカリしてる人も、そこをしっかり「諦める」ってのしてみると、ちょっと違ってくるんじゃないか？　強力に強気で、ガンガン攻めの姿勢であきらめる。これがつまりおシャカ様のいう「諦める」なんじゃないでしょうか。

学問的にゴキゲン

私は、そろそろ六十八歳になるんですが、六十八っていったら、もうほとんど七十です。おどろきますね。

いつまでたっても、自分の年齢には慣れないなァ、と思ってて、二年前に『オレって老人？』っていう疑問形のタイトルの本を出してしまいました。「年をとったら年相応にと、頭ではそう思っているが、ホントのホンネのとこは『まだまだお若い』」なんてオビに書いてあります。

それで、今年になると今度は『おじいさんになったね』という本を出して、こっちの方のオビには「団塊の世代は老人である。実感はないけど、そういうことなら私は、ゴキゲンなおじいさんになりたい」と書きつけました。

いつも年のことばかり考えてるみたいに思われそうですが、そんなことはないので、近頃は「なんとなしに書いてるエッセイ」みたいなものを、世間はほとんど興味をもってくれないらしく、それでなくとも本がちっとも売れないとこにもってきて、とてもそんな役立たずな本は出したくないというんで、出版社の人と疎遠になってました。

めずらしく興味を持って下さったのが、読者対象を「団塊の世代」にしぼった出版社で、なんでもない内容の本を、こんなタイトルで出すことになった。

もっとも二年たっているんで、老人とか老齢とかについての考え方が、ほんの少しだけど違ってます。

二年前の本では、老人というのは身体のあちこちに不都合がでてくるので、機嫌が悪いというのが常態だ。

「面白いことなんて何にもないやい」

って顔してるのが老人で自分もいずれそうなると思う。と、そう書いていたわけです。団塊は老人だと言ってるくせに、実感はないけど、そんなら私は「ゴキゲンな老人」になりたいっていう。

これはおかしな話であって、老人というのはフキゲンなのが常態だ。と言うなら「ゴキゲンな老人」になりたいは、はなはだ矛盾してます。

なぜ、こんな手の平を返すような、前言を翻すようなことになったのかというと、それは二冊目の『おじいさんになったね』という本を出す直前に、さるところで、養老《ようろう》孟《たけ》司《し》先生と対談をする、ということがあったからなんです。この対談のテーマが「老人」だったんですが、その時に編集の方から、資料を渡された。最近、百歳をすぎた老人、これを「百寿者《ひゃくじゅしゃ》」と呼ぶそうですが、その百寿者がものすごい勢いで増えているらしい。（現在六万人に迫る勢い）

そうしてこの百歳を超す人達が、いま学問的対象になるに至った。研究が進むにしたがって、意外な事実が明らかになってきたというんです。

ビックリしたのは「体の健康と心の健康は必ずしも相関しない」ということでした。八十歳をすぎると「老年的超越」と呼ばれる心境がおとずれて、現在の暮らしを肯定的に捉える感情や、自分の人生に対する満足感が高まっていく。らしい。つまり体のあちこちに不如意があったり、痛かったり痒《かゆ》かったりということがあっても必ずしもそれが不機嫌にはつながらないというんですよ。

人間ってうまいことできてるなァ、という気がしますねえ。それなら、苦虫を噛《か》みつぶしたような顔をしてる年寄り、というのは、私と同じように「若いうちに持った固定観念」のままに、年寄りらしくふるまっているにすぎないわけで、気持を入れかえて、いつも上機嫌に、現在を受け入れて、周囲に感謝し終始ニコニコしているならば、周囲も気分がよく、ということは周囲からはさらなる好意に囲まれることになって、好循環がはじまることになる。

どうせ老人になるんだったら、ゴキゲンな老人になる手だな、ト。自他共に機嫌のよくなる、ゴキゲン老人になろう！　とこのように思ってるわけです。

私の健康法

私はツマに、いくつかの要望を出されている。
○おなかをひっこめてください。
○耳たぶのシワをなくしてください。
○大股で歩いてください。
ほかにも、あったような気がするが、いま思い出せるのは、この三つ。

この三つの要望は、私の健康を不安視するから、というか、心配してくれてのことである、と私は承知している。
○おなかが出ているのは、いわゆる「メタボ」を心配しているのである。それから少し世間体も気になるらしい。

「あの人のご主人、出てるらしいわよ」と言われてはメーワクである。ということだろう。たしかに腹が出ていていいことというのは特にない。出ていないほうがいいと私も思うが、腹のほうはそう思わないのか出しゃばってくる。

どうして腹が出しゃばるのか、ちょっと考えてみた。これは腹筋が少なく弱いからだろう。ピピッ、ハイそこの腹、一旦停止！ と腹が出しゃばるのを押しとどめる、いわばおなかの警察官ともいうべき腹筋の力が足りない。

理由はわからないけれども、腹筋の力が出ていないのだ。腹筋の腹がへってるのかもしれない。

しかし、なんだって腹の内圧がそんなにまで上がっているのか？ というのも大きな疑問である。

これは、私のしろうと判断であるが、内臓脂肪がついてしまったからだろう。この内臓脂肪というのは、比較的カンタンに増減するという話だから、この内臓脂肪を、運動するなりして減らしていけば、比較的カンタンにお腹はへこむことになろうと思う。

ところが、これがカンタンにへこまないから、へこむ。というかこまる。おなかが野放図《のほうず》に出しゃばってくると、ツマがにらむので、その都度私が意志の力でへこませているが「まさか、見ていないだろう」という所をねらって、ツマが見るのはどうしたわけだろうか。
○耳たぶのシワ、というのは、耳たぶにシワのある人は、動脈硬化の傾向があるとか、脳血管障害にかかる率が高いという噂《うわさ》があるのだそうだ。
耳たぶにシワがあるのは、そもそも耳たぶには筋肉はないので、中の毛細血管がつまったりすることで脂肪組織が退縮するためにシワができるのにちがいない。耳でおこっていることは全身でもおこっているはずだから、気をつけるように。ということだった。

それで私は耳たぶのシワを伸ばすように、時々もんでいる。

○大股で歩け、というのは、小股でちんたら歩いているというと、認知症のリスクが高まる。つまり「ゆっくりちんたら歩いていると、認知症になってしまう」とそこまで直結はしないまでも大股で時に急ぎ足で歩くようにしている人のほうが、認知症にかかりにくいと統計に出ている。ということらしい。

大股で歩きながら、今朝の献立を思い出そうとしたが、思い出せない。みそ汁とおしんことごはん。は思い出せたがこれは、ほぼ毎朝出ているものだから、思い出したことにならないのだ。

あ、ナスのいためたやつと、冷やっこも出たな「ちょっと、ちりめんじゃこも食べてカルシウムがあるからね」とツマがいってたので、ちりめんじゃこも出た。

大股になったから思い出したのかどうか、その因果関係はさだかではないが、ナスのいためたのと、冷やっこは確かに出てきた。それから、ちりめんじゃこも出たのだ。

そういうわけだから、私は、明日からはツマが見ている時は、おなかをひっこ

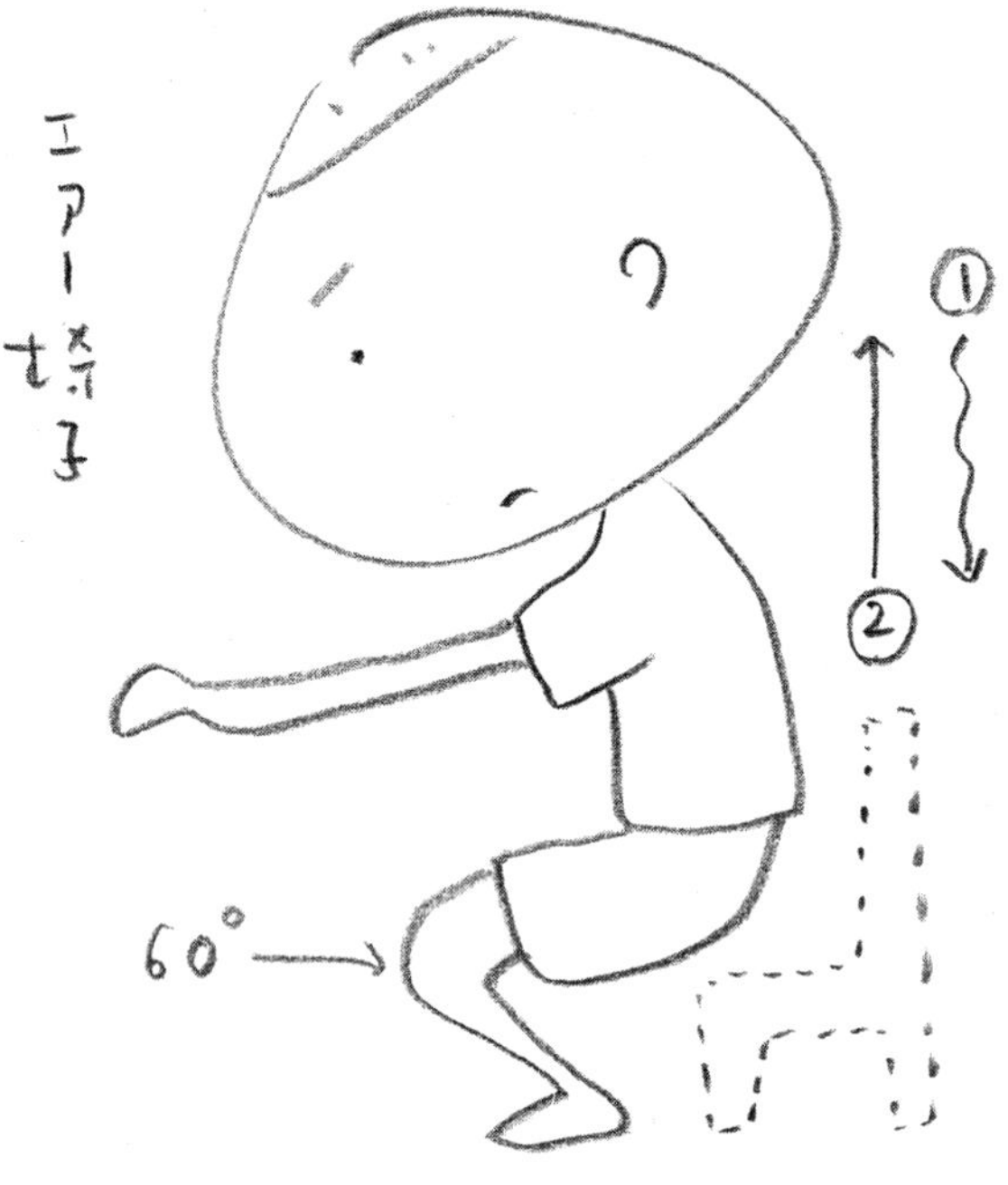
エアー椅子
①
②
60°

めて、時々、耳たぶをもみ、朝夕の通勤の際には早足の大股で歩こうと思う。

ナントカスクワットというのもいいらしいので、気が向いたらするつもり。

ナントカスクワットというのは、エアー椅子（架空の椅子）があたかもあるかのように、ゆっくりすわろうとして、あ、やっぱり椅子はないんだった、とその時気がついたように、パッと立ち上る。という動きのスクワットで、これは、足に筋肉がつきそうなので、実は、おなかにも耳たぶにも大股にも好都合である。

もうろくを考える

鶴見《つるみ》俊輔《しゅんすけ》先生が亡くなった。九十三歳。すばらしい先生だった。

誰かが亡くなると、その人の本を買って読む人がいて、それを見越して、出版社は本を出そうとするし、書店は売れやすいようにコーナーを設ける。

「それはいいことなのだ！」と、私は、思います。

いま鶴見先生の本を読むのは、とても有意義なことなので、これを読んでる人が先生の版元の方なら、書店にかけあって本を売りこむ手だし。これを読んでる人が書店さんなら、なるべく本が売れるように目立つところに、目立つように本をレイアウトして、じゃんじゃん鶴見先生の本を売って下さい。

これを読んでる人がこどもなら、鶴見先生と中学生が話しながら考える本『大切にしたいものは何?』(晶文社)っていう本がある。

これを読んでいる人が、おじいさんかおばあさん、そろそろそうなりそうな大人なら、『不逞老人《ふていろうじん》』(河出書房新社)か、詩集『もうろくの春』あるいは、『鶴見俊輔　全詩集』(編集グループSURE)を買って読もう。

若い人や、芸術家や、ちゃんとした大人の人たちなら、書店に出かけて自分で探すとか、インターネットで注文して、読むといい。ぜったい損しないです。

鶴見先生の本は、『生きてく工夫』の生きてるヒントが、たくさんある。読んでいくうちに、自分の考えが生まれてくるし、読んでるうちに、たくさんの、かっこいい人、すてきな人、そんな人になりたいなと思える人に、必ず出会えます。

鶴見先生ご自身が、そういう人なんですが先生は、好きな人を紹介するのがとても上手な人なんです。ああ、こういう人はいいなあ、こういう人になりたいものだな、という人の、すっとそう思えるエピソードを書くのが、とっても上手。

私は、鶴見先生の本を、たくさんの人に読んでほしいと思っています。私は、本を読むのが苦手なほうで、本を読むのにとっても時間が経《た》ってしまうタイプなんで、人に本をすすめるのは、もっと苦手なんですけどね。

さて、今回は「もうろく」ということを考えようと思ったんです。そうして、とりあえず念のために、先月書いたことを確かめておこう、と思って、スクラップブックを開いてみました。

おどろきましたね。もうろくしないためには「大股で歩いたほうがいいらしい」ということを、書こうと思ってたんですが、もう書いちゃってやんの。

その上、大股で歩くぞ！　とか決意してたのに、すっかり最近は小股になって、ちんたら歩いてましたね。

鶴見先生は、ものすごく記憶力のいい人でした。ちょっと話してる間にもいろんな人のおもしろいエピソードが、どんどん出てくる。

人の名前をとても正確に覚えておられて、外国人の名前も、いったい頭の中に何千人入っているんだろう、とたまげるほどです。

ところが「もうろくしたんだ」と、いいます。え？　と思う。そうして、ずいぶん前から「もうろく帖」だの「もうろくの春」だのって本まで出してる。

鶴見先生の、いつもの考え方は、たいがいふつうの人の、思ってもみないような視点が示されるっていう風なので、「もうろく」も、当然のことに忌み嫌うばかりじゃない、ポジティブな評価が与えられているんですが、それにしても、もうろく、もうろく、言いすぎるなあ。と、私は思っていたんです。

私自身の考えも、そうなんで、人間が年をとってもうろくするのは、もうろくするからいいので、「もうろくするからいいんじゃない！」とほんとに思ってもいるんですが、でも、ほんとのほんとのところは、なるべくなら、もうろくしたくないなあ。と思っている。

先生も、そうだったのかなあ。そうだったら、なんか安心するなあ。と私は思っています。

タメ息健康法

ねむれない……っていうのはツライものらしい。というのは聞いていましたが、たしかに、実際に体験してみると、とってもイヤだしツライものです。

だから私は、もしねむれないツラサを訴える人があったら、ひたすら同情し同調すると思います。しばらくおたがいのツライ体験を話し合うでしょう。

私はもともと、寝つきのいいほうだったし、目が覚めた朝には、夢を見たことも忘れているような、悩みのないタイプでした。

ほとんど病気をしていなかったこともあって、以前、「十中八九、肺がんでしょう」といわれた時は、いきなり自分の「人生」とか「死」とか、今まで考えたことのないようなことを考えざるを得ないようなことになった。

これから寝ようって時に、そんなこと考えたって仕方ないんですが、自分的にはもう「非常時」なんですから、考えないわけにはいかない。

人間は考えすぎてる時には、ねむれないようにできてるんですね。で、だから考えないようにしよう「しよう」と思うと、さらにねむれなくなります。

考えるっていっても、なんか楽しいような、ねむたくなっちゃうような、いい気持な考えを考えてるんなら、なんとなくねむってしまえそうです。

ねむれなくなるのは、考える一般、ではなくて「不安」とか「心配」とか「恐怖」とか「寝てる場合じゃない」ような時っていうのが、ねむれない原因です。「ねむらないと体にわるい」と考えるのも、さらにねむれなくなる原因です。「ねむらないと体にわるい」というのはおそらく本当のことだし、そう思うのは体のほうでも、そのように考えさせるみたいなプログラムになってるかもしれない。

でも、そうだとすると、そのプログラムはまちがいですね、寝る前には、ややこしいことは考えられない、ようにプログラムするほうが正解です。

私は、病気が不安だったときに、自然に「タメ息」をついてるのに気がついたんですが、そうか、このタメ息っていうのを積極的につく、大いにつく、っていうのをしたらどうなるかな？　と考えてやってみたんです。

すると、なんてことでしょうか？

タメ息は、積極的につくと、なかなかいいんですよ。

なんか「胸がすく」ような気がする。この発見は、私にとってもタメになる実効のある発見だった。と思っています。

だから、いまでも、なんだかスッキリしないな。なにか胸の中がもやもやするなァと思った時には、私はタメ息を盛大につくことにしています。

「深呼吸をしなさい」

というアドバイスは、何度か聞いたことがあります。いわれるように、スグ実行したけれども、あんまり効果がない。

ところが私の気がついた「タメ息」術っていうのは、吐く息にだけものすごく重点をおく方法です。思いっきり吐く、苦しくなりますから、吸うほうは、意識しなくても自然にしてます。意識的にするのは吐く息のほう。

これを何度かするうちに、落ち着いた気分になってくるんです。こういう発見をしていたんですが、それは、不安な時に効く方法だからと考えていた。

最近、夜中に尿意がおこって、二度三度、目が覚めてしまう。なんかの拍子にそのまま目が冴《さ》えてしまって、本を読んでしまったりすると、翌日、寝不足する。みたいなことを、何度かくりかえすうち、

「あ、そうだ！」

と、タメ息呼吸法を思い出したんです。息を深く、必要以上に吐く、苦しくなるんで、スッと吸って、13くらい数えながら吐いて、3～5くらいで吸い、また13くらい吐いてと、していると、いつの間にか寝てしまう。数を数えていると、余計なこと、たとえば「このまま目が冴えるとコマるなぁ」とか考えてるひまが

ない。っていうことらしいです。

寝つきでコマってる人、ちょっとためしてみたらどうでしょう。

「タメ息をつくたびに幸せが逃げていく」なんて格言もありますが、私の考えは「タメ息をポジティブにつく」。

タメ息健康法といってもいいですね。

夜中にトイレに立たずにすむ方法

先月は「タメ息健康法で途切れる睡眠もＯＫ」っていう話でしたけど、不眠でお悩みの方、ためしていただけたでしょうか。

私も、なんか「こうするといい」だの「ああするといい」だの聞くと、すぐためしてみるほうですが、すぐわすれてしまうっていうか、まあ、三日坊主でやめてしまうことが多いです。

最近またツマに「腹が出てる」という指摘をしばしば受けるんで、昔、そういやアレをやったら腹が凹《へこ》んだんだよな、っていう体操を思い出してやってます。

どういうのかというと、立ったまま右膝と左肘、左膝と右肘を、交互にくっつける、という運動で、こうすると必然的に胴をねじることになるんで、腹斜筋《ふくしゃきん》となかに効いて、結果的にウェストがひきしまり、おなかもへっこむという理屈です。理屈はわかっている。そういや「私の健康法」にも「ナントカスクワット」っていうのを書きましたね。これもつまり、おなかをへっこまさなきゃ、っていうんでやったんでした。

こっちの理屈は、おなかというのは、たいがい内臓脂肪がついて、でっぱっているんだから、太腿《ふともも》の筋肉をつけて代謝がよくなれば、内臓脂肪が落ちてカンタンに引っこむ。このナントカスクワットをやろうってことだった。

それをまた、違う方法で腹を引っこめようとしてるってことは

「いまはナントカスクワットはやめてしまっているんだろうか?」

と、今疑った人、あなたはするどい。

どうも、なかなか効果があらわれないんで(あんなにカンタンとか言ってたくせに)ちょっとここんとこさぼってました。ていうかさぼりまくりでした。

ところが、このねじれ体操っていいますか肘膝くっつけ体操ってものは、以前やって、たしかに効果があらわれたんですね。で、それ思い出したんでまたやってるわけです。但しまだ効果はでてない。

実は、今月はそのことじゃなく、前回の睡眠を中断させる「尿意」について、最近知ったこと、についてお話しすることにします。

中断されても、タメ息ついてるうちに眠れますから別にいいんですが、でもいっぺん眠ったら朝までぐっすり、っていうほうが、だんぜんいいんで、この尿意がおさえられて、いっぺんも目覚めることなく朝まで寝られる。っていって自慢してるおじいさんについて書きますね。

おじいさん、私の友達ですが、私より17才上、1930年生まれのクリント・イーストウッドと同い年85才です。（本人が言った）17才も上なのに、初対面で私に話しかけてきたときは「南さんは私と同年代ですか？」だったんです。

さすがに、それはないでしょ、私は戦後の生まれですよ、と申し上げましたが、たしかに見た目も気持も、とても若い人です。

「南さん、こないだ医者のところにいったらですね。どうです夜中、おしっこには何回起きますか？　って、こう言うんですよ。いや、一度も起きませんよ、いったん寝たら朝までぐっすり。ってこういうと医者が笑うんですよ。それはウソでしょって信用しない」

「でもね、南さん、ホントなんですよ。私も以前は2度3度って起きてた。ところが、この方法をね、あるところで仕入れましてね。それ以来、ホントにぐっすり朝までです」

ええーッ？　そんなことありますか？

「そんなことあるんです」

と、とっても得意そうだ。

寝る2時間前、湯舟に浸《つ》かって20分、脚を伸ばして、キッカリ20分浸かります。風呂から出たら、2時間のうちにおしっこして、その後眠る。そしたら朝までぐっすりです。

もちろん、私は、それすぐためそう！　と思いました。成功したら、ここで発表もできるしね。ところがまだ、できてないです。ちょっと億劫《おっくう》。

これも理屈はわかる。筋肉量が落ちて、心臓へ血液をもどすポンプの力が落ちてるから、下半身に水分が残留する。これが湯舟の水圧と体温の上昇で血流が改善される。寝るまでの2時間で尿が排出されますから、夜中尿意はおこらないという理屈です。今度やってみます。

胸が痛んだらどうするか？

毎朝、6階から1階のゴミ置き場まで階段をつかってゴミを捨てにいく。下で郵便受の新聞を取って、6階まで階段で昇ってくる。

これを「健康のため」と思って毎朝やっていると、時々、胸が痛くなることがあるのだ。別に心配事があるとか、ひどく気の毒な人に思いを致している、というのではないので、つまり体を動かして血のめぐりがよくなった状態が、心臓の近辺に負担をかけてるんじゃないか？　というのが素人診断である。

胸が痛くなるのを、医学用語で胸痛というらしい。もう十年以上前に、汽車の時間に間にあわそうとして、走ったことがある。この時、ひどく胸が痛くなったことがあって、医師に相談した。

それがキッカケになって、ぜんそくの治療をはじめることになったのだが、おそらくその時に、喘鳴《ぜんめい》もあったことで、ぜんそくと判断されたのだと思う。

胸痛ぜんそくというのは、胸が痛くなるぜんそくのことだと思うけど、咳《せき》も喘鳴もなく、胸が痛むだけという症状もあるらしい。

今、ぜんそくのほうは、ほとんどコントロールできているんだけど、そういうことなら胸痛ぜんそく、の可能性もある。

ふつうに考えたら狭心症だと思うけれども、素人判断でアレコレ考えていてもはじまらないから、近いうちに診察をうけてみようと思っている。

以前、肺がんを疑われたこともあるので、パソコンで調べてみると、肺がんで胸痛がおこることもある、と出てきた。肺がんはその後、PET検査で、CTの結果と重ならなかったので、とりあえず放免されたのだったが、その時定期的に検査はするようにと、留保されていたのをあれ以来、一度もやっていない。

いま、ネットで調べる。っていうのは誰でもするみたいで、お医者さんがちょっとニガリきってる、みたいなことを聞いたことがある。

勝手に自己診断で、アレコレ推理をしたりして、診断のじゃまになるらしいのだ。症状まで自分が思い込んだ病気に合わせて申告するので誤診の原因になる。

たしかに、ネットで病気の事を調べだすと、悪いほう悪いほうに悲観したり、とんでもなく深刻な病気の症状に「思いあたって」しまったりする。

胸の痛みというのは、深刻になりがちだけれども、胸に疾患があるから痛いとは限らない。肋間《ろっかん》神経痛だったりすることが多いのだ、ということも聞いた。

ところが、肺がんの場合も腫瘍が浸潤した場合は、肋骨骨膜や肋間神経に痛みを感じることがある、なんて出てくる。

昔、婦人雑誌の附録《ふろく》に「家庭の医学」っていう、ぶ厚い別冊がついていたりすることがあって、それを読んでいるうちに、アッという間に、さまざまな病気をかかえた重病人になってしまう。なんてことがよくあった。

ネット検索も同じようなもので、家庭の医学より、さらに詳しかったり、情報が多かったりするのが、かえってモンダイだったりするかもしれない。

亡くなった床屋さんのおじいちゃんが世間ばなしに、同い年くらいの幼なじみとよく話していた。

「タケちゃんの病気？　なんてんだっけ？　痛むんだっけ？」

「いや、痛かねえんだけどネ……」

「ああ、痛くないんだ、そんならいいやねえ、痛いのはやだもんねえ」

「そうだねえ、痛いのはやだよ」

「そうかあ、痛くないんだ、そんならいいや。ねえ。なんてんだっけね。タケちゃんの病気、痛いのかい？」

「いや、痛かねえんだけどね」

「そうか痛くねえのか、ならいいや」

「ああ、まあな」

イタイのかい？
いや イタかァねんだ・・・

って具合に、円環するおしゃべりなんだけど、頭刈られながら聞いているとなんだかのんびりする演し物《だ》だった。

「痛くないのはいいや。ねえ？　痛いのはやだもの」

と私も思っていたのだ。私は痛いのがすごく苦手だ。

そんなことで、来週あたり、病院行って診《み》てもらおうと思っている。とにかく痛いのはどうも、苦手です。

なまけものになりなさい

先月号で「痛いのはやだなあ」って報告をしたところでしたが、あれからこのやな痛みが、ひんぱんにあらわれるようになったんで、主治医の丁《てい》先生に電話した。「なんだか、ちょくちょく痛いんですよ胸が、階段のぼってくると、最近はもうかならず痛くなる」

先生はしばらく、訴えを聞いていて、昔のお仲間の先生をご紹介して下さる。電話番号を教えていただいて、地図はネットで探すことにした。

「痛いときに行って下さい。痛くなくなっちゃうと心電図に出ないから」

最近は、とにかく階段をのぼったらすぐ痛いから、それは大丈夫！　って、やな大丈夫！　です。

痛いまんま、ご紹介いただいた先生のところに行って、心電図とりました。計測してるときは、もう、それほど痛くなってきてたんですが、それでも波形にあらわれてたみたいです。

「狭心症ですね」ということです。あー狭心症ですか。ってことです。で、待合室にあった狭心症のパンフレットいただいてきていま読んでるとこですが、思いあたるところがアリアリです。

狭心症は心臓の冠動脈というところの動脈硬化が原因です。血管が狭くなるんで結果、酸欠になる、そのとき胸痛があるわけです。

生活習慣病（高血圧、糖尿病、高脂血症、肥満など）の危険因子があるほど、狭心症になるリスクはふえる。

私の場合は、高脂血症でしょうか。というより、次に書いてあった「過度の疲労や睡眠不足、ストレス、運動不足」などが引き金になるっていうのが、全部あたってます。

狭心症の発作は、精神的なことでも誘発されるそうで、だからストレスや興奮は大敵です。狭心症になる人は「いらいらしやすく、すぐに言葉や態度に出す」短気で攻撃的な性格の持ち主です。と書いてあります。

やだなあ、そういう性格にはなりたくなかったんだけどなあ、と思います。

どうも、病気になると実際のところの自分の性格があらわれるみたいで、いやですね。私はゼンソクもあるんですが、ゼンソクの本に書いてあった性格ってのもおもしろくなかった。もう忘れたけど。

でも「働きすぎをやめろ」って書いてあるところは大いに気に入りました。10やってきたことは6か7に減らして、「明日できることは今日しない」「いい考えだなあ！」と思いますね。

これ今日から実践します。私の場合は、今日できないことも「ほんとは今日やんなきゃいけないいんだよなあ」と気をもんで、結局は明日になる、ってケースが多かったんですが……。

気をもんだって、もまなくたってできないんだったら、もまないでただできない、ほうがストレスになんない。

「明日できることは今日しない」

いいスローガンですね。私はスローガンてもんが、まずキライなんですけど、こういうスローガンなら、いいスローガンだなと思います。

私の大好きな、水木しげる先生が亡くなりました。93歳でした。先生は生前、「なまけものになりなさい」っていう、ご教訓を発表されてましたが、とってもいいご教訓だなと思います。先生はきっと、ご自分に対してまず、このご教訓を垂れられてたんじゃないのか？　と私は睨《にら》んでましたが、最後にお出しになったインタビュー本で

「年をとってやっとなまけられるようになった」

とおっしゃってましたから、ああ、それじゃあよかったなあと思っていたとこ

です。水木先生の、

「少年よ、がんばるなかれ」

ってのもいいコトバですよね。私はもっとこのコトバを肝に銘じなければ、といますごく思っています。

そんなわけで、今月は、病気の愚痴みたいな話と、自分の反省とか勝手な決意みたいなことばっかり書いているうちに、もう紙幅がつきちゃいそうです。サービスなくてすみませんねぇ。

来月は元気になって元気になる秘術とかを大盤振舞いする予定です乞《こう》御期待。

今月のおさらい
「明日できることは今日やらない」
「今日できないことは心配しない」
じゃ、今日はこれでおしまいで〜す。

キョーシンショーとボケリスク

狭心症のほうはあいかわらずなんで、近頃は「ニトログリセリン」を常時ケータイして、友達に自慢している。

「ニトロっていったらあれだろ？　イヴ・モンタンが『恐怖の報酬』で……」

「そうです、コレです」

落とすと爆発します。と言うと、エエッとオドロクので、おもしろい。

もちろん爆発はしません。しばらくはニトロが狭心症の薬になった経緯を話したりして盛り上がります。

ダイナマイト工場の狭心症の患者さん。心臓がドキドキしそうな、ニトログリセリンを珪藻土《けいそうど》に混ぜて練ったりする仕事中には、ぜんぜん発作がおきないのに、家に帰ると発作がでる。

この工員さんが不思議がったおかげで狭心症の薬ができたんです。

ダイナマイトを食べると甘い。って話も話題になります。

ノーベル賞はノーベルがダイナマイトを発明したからできたんですが、グリセリンに硝酸を加えてニトログリセリンを合成したのはノーベルじゃなくてソブレロっていうイタリアの化学者です。

ソブレロはニトログリセリンをつくったときに、なめてみたそうですが、その甘さには言及していない。コメカミがズキズキしたと言っただけらしい。ところでノーベルはソブレロにノーベル賞あげてないです。

そんなわけで、私は日に一ぺんはニトロを一錠、舌の下に入れてます。ちょっとだけ甘い。坂道を上がったりすると、テキメンに胸が痛くなるんで、通勤途中の道の勾配にとても詳しくなってしまいました。

いままで知らなかった、ていうか、知る必要もなかったことが、知ることになるのは、なんだか楽しい。いつも歩いている道が、けっこう小さな勾配をくり返しているんです。

その気になって見てみると、道っていうのはあんまり平らじゃない。元気なときには同じようにズンズン歩けますから、体感的にはほとんど平らなんです。ところが、労作性《ろうさせい》の狭心症になるってえと、この坂道を下ってるときにはなんでもないけれども、登り坂になると、スグわかる。

胸が苦しくなるからなんですが、え？　どうして？　と思って、回りの様子を見てみると、果してそこは登り坂になっているわけです。

家がたてこんでしまって、ベターっと平らに見えているけれども、実は昔はこのへんが、川のそばの土手だったんだな、とか、あっちのほうに向って、どんどん山登りしてるような具合だな、かと思うと、この角曲がったら、あっちの方が、ずんずん低くなっていく。やっぱりあの道路は昔は川だったんだ。なんていう推理ができる。

関西から来た友人が、「東京は山ばっかりや」とか言うとビックリするけど、たしかに、その気になって眺めると、東京っていうのはぜんぜん平らなところじゃないんですね。

地図の上では駅からスグのホテルが、実はかなり長い坂をダラダラ登っていったところにあって、こんなことなら、あらかじめ一錠のんどくんだった。みたいなことをボヤくはめになる。

近頃の私の問題点は、以前よりさらに歩幅が狭くなったんじゃないか？ です。

小股でゆっくり歩いてる人は、大股でずんずん歩いてく人にくらべると、認知症のリスクが上がる。ピッチもスピードも、ときどき汗をかくくらいの運動量を、ときどき入れないと、ボケリスクが、グンと上がるっていう話です。

このまま推移していくと、いまよりさらにボケリスクが上がりそうだ。

今日も血圧計をチェストの棚からとろうとして、コーヒーミルを取り出して、テーブルにセットしていた。

「あれま?! ヤレヤレ」

って、すぐ気がついたけど、今朝は、

「コーヒー、がりがりやって」

と頼まれて、血圧計を出してしまった。同じようなところにしまってあるとは言え、全く同じ場所じゃない。

そのうち、血圧計横にたおして、コーヒー豆じゃらじゃらじゃらじゃらあけはしないか? ちょっと心配。

ハッセンポケイ

「ちぃーーー!!」

と、思わず叫んでしまった。失敗したーあ!! と思っているのである。

ズボンをはきかえるときに、万歩計をポケットの縁につけかえるのを忘れてしまった。

「せーっかく!!」

2000歩くらいは歩いてたのに、カウントされないじゃないか!!

実は5日前から、あたらしい万歩計をつけて歩いているのだ。あたらしいとわざわざ断るのは、つまり、昔買った万歩計は、たいがいどこかにいってしまっているのである。

万歩計を買うのは、健康のために歩こうと思うからで、そうして万歩計をつけたからには、何としてでも一万歩は歩こう！　と思うものなのだった。（これが往々にして挫折の原因である）

なんとか一万歩にしたい気持が強すぎると、キッカリ一万歩にしたくなったりもする。ちょくちょく万歩計を見て、家の玄関に入ったところで、ぴったり一万歩にしたくなるのである。

ぜんぜん意味ない。一万十二歩だって一万百三歩だって、健康にはいいはずなのに、なんつっても「万歩計」だからな、とか思ってしまったりするわけだ。

「そんなヤツはいない」

と言われそうだが、いるのを知っているからコマル。（自分だから）

しかし「万歩計」というのはネーミングをした人の大手柄である。たいがい、一万歩くらいを歩けば、健康にいいらしい。という常識がここ二～三十年の日本に植えつけられたと思う。

私はいままで、万歩計を5〜6回は買っているが、いつの間にか、万歩計だけが一人歩きして、どこかへいってしまう。ということをくりかえしてきた。

私の友人に、万歩計をつけて2万歩、3万歩と歩いてるヤツがいる。いかにもそういうことをしそうな元気なヤツなのである。健康の心配なんか必要ない。

私は「カッキリ一万歩」目標にするくらいしかないけれども、それすらなかなかムズカシイから、万歩計のほうから去っていくのかもしれない。

今回、またぞろ万歩計を買ったのは、ツマである。そもそもは
「すわりすぎは寿命をちぢめている」

という、おそろしい「学説」をツマが仕入れてきたのがはじまりである。

「しんちゃん、すわりすぎでしょ」

という。たしかにそう。私の仕事は、ほとんど一日すわってるような仕事なのだ。トイレに立つ、ピンポンが鳴って宅配便にハンコ押しにいく。コピー取る

のに立つ。資料さがしに本棚の前に立つ、くらいで、あとはずーーーーーっとすわっている。

「寿命がずんずんちぢまってるよ」

というのである。はいっ！　ちょっと立ってツマ先立ち運動！　とか号令がかかる。

自分でも、ふくらはぎが重いような、冷えるような、時々イタイくらいなときもあるから、なんとかしないと、と思っていたのだ。

「じゃあ、ホラ、買ってきたから、万歩計つけよう。二人で競争だ」

ということになった。はじめて6日目だが、たいがい私が負けている。しかし今回、万歩計をつけるにあたって、いままでと違っているところがあって、これが案外イケルんじゃないか？　と思う。

「とてもいいんじゃないか？」

と思うのだ。前よりなんか、長続きしそうな気がする。それは、万歩計ではあるが「万歩を目標としない」という新方針だ。

８０００歩で十分だ説、という最新の学説らしい。という情報がツマからもたらされたのだ。一万歩も８０００歩も、五十歩百歩だというのである。たいして違わない。これはすばらしい。これでまず「かっきり一万」みたいな考えがなくなる。でもって、８０００というのは、わりとカンタンなのだ。それに８０００歩だと数字にあんまりこだわらないでアバウトになれる。８００５歩でも８７３０歩でも、だいたい８０００歩だと思う。

足らないときは足踏みしてだいたい８０００歩すぎるまでにして、その日は達成という◯印をつける。これでもう、すでに6日間、ずっと◯をつけてきた。今日帰宅して、足んない分、足踏みしようと思ってるのだ。

一難去ってまた一難

実は、この四、五日タイヘンだった。以前から、薄々気がついていたんだけど、尾《び》骶骨《ていこつ》のあたりに、しこりがある。

「なんだろう?」

と思うけど、別段痛むわけでもないので気にしないでいた。とはいっても、大のあとに、どうしてもそのへんに手がいくから、ああ、やっぱりここになにかあるな、と思っていた。

「この年になって、だんだん先祖返りして尻尾がはえてくるんだろうか?」

「それとも実はオレ、狸《たぬき》だったかも」とか冗談にできてたのは、その大きさが、レモンのタネくらいの頃までで、どうも最近、ウメボシのタネくらいの大きさになってきてるみたいだ。

それが、ここにきて、さらに大きくなったような感じがするうえに、ちょっと痛い。私はどうもこの、原因不明に痛いのがスコブル苦手だ。痛いのはたいがい苦手だけど、それがたとえば、尿管結石だとわかれば全然へっちゃらだ。

尿管結石の痛さは、痛み番付の「大関」だと何かで読んだことがある。「横綱」は陣痛。私は大関を何度も張ってて、経験豊富だから、あ、これは「結石」だったな、とわかれば、あわてずに、とってあった「ブスコパン®錠」というのを飲む。するとウソのように痛みはなくなるのだ。

なぜ痛むか？　というのが明白である。ギザギザの石が、やわらかい尿管の中をムリムリに通ろうとするので、尿管の内壁をキズつけるために痛いのである。

こむら返りの痛いのも、痛くなったら芍薬甘草湯《しゃくやくかんぞうとう》の顆粒《かりゅう》を水で呑《の》めば、すぐ治る。すぐ治るけれども、こむら返りの痛いのはそのメカニズムがよくわからない分、尿管結石よりちょっといやだ。

とにかく、よくわからないのに痛いっていうのは、甚だめいわく。なんとかしたいので、ネット検索などしてしまうのだが、これはかえって事態をさらにめいわくなことにしてしまうケースが多い。

今回も、まさにそのケースなんだけど、最初に私が疑ったのは、痔瘻《じろう》だった。またの名を肛門周囲膿瘍《のうよう》っていう、どっちにしても、ややこしいような、こわいような、やな名前がついている病気だ。

「病気に気づいたら、一刻も早く医師を受診し、切開排膿を受けること」とある。しかも、「痔瘻は手術でなければ治らない」と断言してある。

いま、私は手術で何日もスケジュールをあけるわけにはいかない身で、これもめいわくな話なのだ。でもまあそうもいってらんない、肛門科、さがして行ってきました。

そうこうするうちにも、尾骶骨のあたりの腫れはさらに大きくなってきて、はっきり痛い。さいわい座った時に、その腫れが座面に触れることはないんで、ものすごく痛くて寝られないとか、座ってられないとか、いうことはない。

最近の病院のシステムは、合理的になっていて、アンケート用紙みたいなものにチェックをしていくだけで、問診の必要最低限の項目が、待ってるあいだにカバーできます。

看護師さんに、ムチャクチャ率直に、「お尻出して下さーい」と言われると、私もこれ以上は素早くケツまくれないだろというくらい、速攻で露出しました。

タオルが、パッとかけられたんで、人格とお尻は切り離して答えてもらってる気分ですが、治療台に寝て尻だけ出して壁を見ている体勢で、自分の患部もお医者さんの顔もわからない。センセイは、ものすごくテキパキ指示を出して、いろんな機械を出したり入れたりするうちに。

「あー、これは痔瘻ではないです。フンリューですね、ニキビのでかい奴みたいなもんです。切開して排膿しましょう」

というと、風のように去りました。フンリューは粉瘤《ふんりゅう》、アテロームともいうらしい。

あとは看護師さん達が、これも手早く麻酔を注射し、メスで切開し、ニキビをつぶす要領で排膿し、ガーゼをテープで、×印状に貼りつけておしまい。

抗生物質と鎮痛薬と胃薬、それからガーゼとテープをわたされた。

やってみるとわかるけど、尾骶骨近辺って、鏡でもよく見られない。ものすごくよく見ようとすると、特殊な趣味の人みたいなことになりそうなんで、まだ、ものすごくよくは見てないです。

すばらしき忘却力

「健康の味は、健康の時に味わえない。健康の味は、健康の時に味わえず、健康の損なわれた時にはじめて味わえる」

と言ったのは私である。『健康の味』という本の冒頭に書いた。

健康の味とは、つまり『有難味《ありがたみ》』のことであって、そんなに持って回ったようなことを言わなくたって、健康の有難味は健康なうちには気がつかないものだ。

というのは、誰もが知っていることだ。

「孝行のしたい時分には親は無し」みたいなものか、ちょっとちがうか？

まァ、そんなにたいしたことじゃないのだ。自分でも「何かうまいことを言ってやれ」と思って書いたのじゃなく、その時の実感を書いたのだった。

その時は「実感」であったが、今でもそれが実感で、日々、健康の有難味について、さまざまに感じ入っているかといえばそんなことはないので、やれ、胸が痛いだの、息が切れるだの心配して、医者にかかって、狭心症ではないか？　となれば、狭心症ってのは心筋梗塞に移行しやしないか心配するし、肛門近辺にデキモノが出来たが「痔瘻《じろう》」ではないか？　とそのたびに騒いで、じっくり健康の有難味なんて味わってない、というのがほんとうの姿だ。

ところで最近、これもひょっとしてすごくあたりまえなことかもしれないが、

「痛みというのは覚えていられない」

という発見をした。もちろん、あん時は痛かったなあ、という記憶はある。

4～5歳の頃、私はおんぶされて母が井戸端で洗濯をしているのを見ていたらしいのだが、母が手押しポンプをはげしく上下さしているときに、ポンプの支点の、何が気になったのか、その部分を指さしながら、何か言ったらしい。

ポンプの音にまぎれて、聞きとれなかった母が、なーに？　と訊《き》きしなに、私は人さし指をさらにポンプに近づけて、勢いのついていた、そのハンドルの支点のところへ持っていって、はげしくはさんでしまった。

私が大声で泣いたので、母はさぞかし気が動転したものと思うが、骨は砕けなかったものの、肉がちぎれて、大出血。それはそれは、相当に痛かったはずだ。とのちに何度も思い出話をされたけれども、私はその光景はくっきりと思い出せるのに、相当に痛かったはずの、その痛みの感覚を、思い出すことができない。

そんなに大昔のことを持ちだすまでもなく、ほんとについ最近、私は狭心症らしい胸の痛みに悩まされて、胸痛がすれば常時携帯しているニトロの舌下錠《ぜっかじょう》を、そのなかなか取り出しにくい、アルミ包装をひきちぎって、あわててのみ込む、ということを、毎日のようにしているうち、この坂をのぼれば必ず痛くなる。とか、あわてて寒い所に出ていくと、すぐ胸が痛む。とわかるから、予《あらかじ》めニトロをのんでおく、というふうになっていたわけだ。

しばらく、そんなわけで「実際に痛くなる」ということがなくなって、いくらもしないうちに、油断をして、予めニトロをのむというのを忘れていた時だ。何が原因だったのか、歩いているうちに胸が痛くなってきた。その時私が思ったのが「あれ？　何だろう？　この胸の痛みは？」というものだったのだ。

おそるべきことだな、と私は思った。あんなに毎日切迫していた「痛み」のことを私は忘れていたのだ。

このことを、食事のときにツマに言うと、ツマは即座に「そうなのよ」と賛成した。痛みって忘れるよね、帯状疱疹《たいじょうほうしん》であんなに痛かったのに、「帯状疱疹て痛いんですってねえ、どんな痛み？」って訊かれて、えっとーって、忘れてんのよ、痛みの感覚を。

われわれの会話の結論はこうだ。

「人間のカラダってのは、うまいことできてんだねえ！」

「そう、痛いのがどんなだったか、そのたんびに思い出せてたら、大変よね、思い出したら痛いんだから」

「そうだねえ。忘却力だねえ。すばらしきかな忘却力！　だねえ」

「うん、でもえーとね、玄関の鍵、閉め忘れるのは、なんとかしてもらいたい。忘却力とかいってもらいたくない。今日も閉め忘れてたし」という結論。

大問題を考える

先日、大腸検査、やってきました。

「やって異常がなかったら安心するし、何かあっても早いうちに手を打てる。安心が買えると思ってやってみましょう」

って、ススメ上手のお医者さんに、のせられちゃったからなんですが、結果、異常ナシで安心は購入した。途端、ほっとして検査の時の細部をすっかり忘れてしまいました。

大腸検査って、モニターで逐一、自分の大腸の中が見られるんですが、はじめのうちこそ、「ほほう、これが自分の内臓かあ」とか思って見ていたものの映像が単調なんで、じきアキちゃった。

これでおしまいです。っていうときにセンセイが、ひきぬくカメラを、最後のところで反転させて、

「これ、体の内側から見た外界の景色です」といって見せてくれました。（単に検査室の様子が映っているだけだけど、）肛門の手前の3～4㎝が前景になっている。

「なかなか、自分の体内から外の景色を見るって、貴重な体験でしょ？」と、いわれて、妙に感心してしまった。結果、この時が大腸検査のハイライトになってしまったっていうわけです。

ツマに話すと、ツマもやっぱり妙に感心して、

「おもしろいことというセンセーだねえ」ということになりました。

落語の「あたま山」は、さくらんぼの種をのみ込んじゃった人の頭に、さくらの木が生えてくる。春になるとそのさくらを花見に来る人出がうるさいんで、

ひっこぬいたら、そのくぼみに雨水がたまって池になってしまう。するとまたその池に釣人《つりびと》がどっとやってくるんで、世をはかなんで、その池に飛び込んじゃう。っていうあらすじですが、「これ、絵にするのムズカシイよな」って話になった。「手袋を裏返すように」っていう表現があるけど、人間の内側と外側を裏返したら、どうなるんだろう?

ところが、じっくり考えてみると、人間は手袋というより、ホースみたいなもんなのだった。裏返しにすると、こないだモニターで見た「退屈な映像」みたいになるだけって結論になりました。

人間はホースに手足がついたようなもんだけど、裏返しにすると、ほんとに単なるホースになるだけなんでした。

以前、藤田紘一郎博士の『脳はバカ、腸はかしこい』っていう本を読んで、とてもおもしろかったんですが、いまその要点を手短に言えと言われても言えません。

これは「脳はバカ」っていうよりも、私の「脳がバカ」なだけですが、とにかく初耳なおもしろいことがいっぱい書かれてあった。この本はおすすめです。

おすすめといえば養老孟司《ようろうたけし》先生の代表作に『唯脳論《ゆいのう》』という本があります。このタイトルは編集者の方が考えたそうで、この題のおかげで売れたかもと先生は仰言《おっしゃ》ってます。

読んでみればわかるんですが『唯脳論』は、世界が人間の脳で考えてるようなものだと、思うのは大間違いだという主張であって、本の題を正確にするという意味なら「唯脳論批判」とするのが正しい。

◎体は脳が支配していると思いがちだが、実は本当の司令塔は腸である。
◎腸には神経伝達物質のドーパミン、アドレナリン、セロトニンが存在する。
◎セロトニンの九割以上が腸で分泌されている。

この三つの箇条書きは、私のよく知っている本に載っている情報ですが、何て本なのかは「宣伝」になるので言いません。*

脳が快感を感じる脳内物質は実は腸由来のものだったっていうことですね。「パニック障害の人は腸にガスがたまっている」っていうのも、この本に書いてある話ですが、トンデモ情報のように聞こえて、ほんとうのことなんです。腸の調子が悪いと、色んな不都合が生じます。私は自律神経失調と腸は大いに関係があるはずだと実感してます。

つまり、毎日、気持よく暮らしたいと思ったら「規則正しく食べ、規則正しく出す」のがいい。私はいま、なんとかして、大の時間を一定にしたい。と考えてます。夜中に小で起こされる問題が、まだ未解決ですが、その前にまず大問題を解決するのが先決だと思ってます。

＊宣伝になりますが、この本は私が丁宗鐵先生のお話を聞いてまとめた『丁先生、漢方って、おもしろいです。』という本です（朝日文庫）。

そもそも健康法

「健康に一番悪いのは長生きだ」

と言ってるのは、生物学者の池田清彦さんです。池田先生はいつもエッ?!と驚かされるようなことをおっしゃるけれどもよくよく考えると、かならず「なるほど」と私は納得してしまいます。

書いてあったのは、『真面目に生きると損をする』という本で、真面目に生きているみなさんは、顔をしかめるような題ですが、読んでみたら、案外みなさんも「なるほど」と思うでしょう。

「何が悪いかって、長生きするほど健康のためによくないことはないよ」

といったら、単なる冗談にしか聞こえませんが、長生きをして、年をとればとるほど介護が必要になる年数がふえるわけだから、ホントのところをアケスケに言ったコトバです。

健康法を研究したり、健康食品だの、健康薬品だの、健康器具だのを買い漁《あさ》るのは、長生きをしたいから、と私たちは思ってますが、ダレもよれよれになって、よってたかって介護されてる老境を想定してません。

が、老いるということは、そういうことなのだし、その先に、人間はかならず死ぬことになっている。というのも、うすうす知ってます。っていうかちゃんとほんとはわかってるんだけど、日常的には「うすうす」くらいにとどめてある。だって、そんなこと積極的に考え出しちゃっちゃ「えんぎでもないじゃないですか」ということですね。

しかし、そうやって「うすうす」にしておくと、いつのまにか、何のために健康でいたいのか？　という、ほんとのほんとのところは、よくわからなくなっているっていうことでしょう。

健康でいるためには、長生きがネックになる。と気がついてみると、冗談でよく言われている「健康のためには死んでもいい」っていうのが、単なる冗談ではなくなってくるかもしれません。

「生きるっていうのは、苦しくて大変なものなんだ」と、ほんとは本気にしていないようなことも、なんとなく、りっぱな考えだとは思っている。が、生きるっていうのはたのしいなあ、とほんとの本気で思えたら、そっちのほうがだんぜんいいなあ、と私は思います。

生きてく毎日っていうのは、でも、ほんとのところ、そんなにたのしいことばかりってワケにもいきませんね。

「いろいろストレスがあってさ……」

とかいいます。

「まァでも、ストレスがぜんぜんないってのもどうなの?」

なんて返したりします。ここで話されてるストレスって、ずいぶんアイマイで話してる人自身もよくわかっていないですよね、私のばあいはそうです。

でも、そもそも「ストレス」って、なんであるんですか？　なんのためにあるんですか？　ストレス。

「そりゃアンタ、なんのためにとかってそういうんじゃなしに、しかたなくあるのがストレスなんじゃないの？」

と、多くの人は思うと思う。ところがこないだＮＨＫの番組で「キラーストレス」について、二晩やってたのを見て、「ストレスにはある役割があったんだ」と知ったんですよ。

人間の体は、そういう風にプログラムされていたんですね。

ストレスホルモン、というものが人間の体のなかに「わざわざ」あるそうです。これは、つづめていうと臨戦態勢をとるための装置です。不安や怒りや恐れを感じたら、そこから逃げ出したり、戦ったり、戦いの過程で出血したりというのにそなえて、血管をしぼったり、脈拍を速めたり、血がかたまりやすくなる物質を送り出したりする。

ストレスにはそういう役割があった。ところが、現代人の生き方が変わってしまってそれがいまマイナスに働いてしまっているということらしい。

ストレスが、「やなこと」といっしょにあったもんだから、ストレスのある意味を考えようとしなかった。そもそも、なんで？　と考えることで、いまある不快の解決を考える糸口になるかもしれない。これが「そもそも健康法」です。

ところで、そもそも、何で健康になりたかったんでしたっけ？　そもそもって、そもそも、何の音ですか？

大問題小問題

前々回「大問題を考える」ということをしたわけですが、その後意外にも、この難問と思われた「大問題」が、ものすごく「どっかで聞いたことあるような」ぜんぜん新鮮味のない方法で解決の方向を見出したみたいなんで、そのご報告をしたいと思います。

たったいま、解決法が月並みだみたいなことを申し上げましたが、実は、結果だけが「好結果」として現前しているということで、実は「どれ」が「どう」効いているのか？　それが判然《はっきり》していないんです。いずれも一度は聞いたことのあるようなことで気が引けるんですが。

ひとつは「乳酸菌飲料」です。これを毎日飲んでいる。毎日飲んでるなあ、と気のついた頃に「毎日『大』を定時に」という理想が、ほぼ実現してしまっていたのに気がついたというわけです。

具体的にいうと、NHKの朝のドラマ『どうしたもんじゃろのお』を、見ようかな？　というような時間帯に、ほぼもよおしてくるもようです。

あ、えーと違いますね。ドラマのタイトルは『とと姉ちゃん』でした。それから朝のドラマは、世間的には「朝ドラ」と略してますね。どうしたもんじゃろのおというのは、とと姉ちゃんがときどき呪文のようにつぶやくフレーズです。

で、私も朝ドラがもう始まってしまうという時間に、ここはTVを見てるべきなのか、それによって大問題を先送りにしてしまっていいものなのかどうか？

「どうしたもんじゃろのお」

と思案することになるわけです。が結論的に申し上げて、案ずるより出すがやすし、否、もっと端的に「案ずるな」です。

考えてる間に、さっといってさっとしてしまえ、という考えになりました。さっといってしまえば、主題歌とか昨日までのあらすじくらいなところで、問題は解決してしまうケースが多い。

すなわち、その2は、すぐにさっといってさっとしちゃう。優先順位とか、何が世界にとって、もっとも重要な問題かとか考えず、問答無用的にしてしまうということです。

だが、これが案外むずかしい。会社勤めの人であれば、出勤時間であるとか、よんどころない事情によって、大問題を先送り、あるいは先延ばしにせざるを得ないといった事情がある。現代人の等しく持たされている宿命です。

自律神経の安定ということを、第一義とする、というのが結果としては正解なのである、というのが私の考えです。

菌類に頼る。ということでいうと、もうひとつ、我が家ではいま「水キムチ」あるいは韓国語で「ムルキムチ」という食品がブームになってます。

これは漬け汁の中に植物性乳酸菌がたくさん入っていて、唐辛子《とうがらし》の入っていない辛くないキムチです。

つまり、乳酸菌飲料、発酵食品、そして問答無用。この三つです。或《ある》いはこの三つが三つともいいとも思うんですが、これによって期せずして大問題が一挙解決した、という現状です。

何がどう効いた、というより、はっきり結果が出てるという意味において、本人的には「何ら問題がない」。非常に、爽快です。

私はこのリズムを、なんとか崩すことなく維持していきたい。ト、このように考えております。このようにして、いま大問題が、ほぼ解決を見ようとしているわけですが、そうなったらなったで、まだ未解決な

「小問題」

についても、なんとかしたいものだ。なんとかしようとして、なんとかなるものなのだろうか?　なるんならなんとかなってもらいたいところだ。と思って

いるという状況です。

いま、ちょっとした動きがあって、ある「薬品」といえるのか「健康食品」ということになるのか、わかりませんが、大工道具的であり、なおかつ南洋の植物的でもある、樹木名を冠したサプリメント*を、夜、寝る前に飲んでいます。

水で飲むことになるわけで、私的にはこのサプリメントを飲み込むために飲んだ水が、夜中に体外に出たがるのではないか？　という疑いも持っているんですが、「ハイ」といって出されるので、素直にゴクゴク飲んでいるという次第であります。以後結果出次第ご報告します。

＊ノコギリヤシ　連載がＮＨＫ系の雑誌だったのでこうなった。

NK細胞とNHK

えー、私は、むかしから「笑える」ことが大好きなもんで、どういうわけで人間は笑うのか、笑ってるときに頭ン中でどんなことがおきてるのか？　なんてーリクツを考えるのも趣味なんです。

それで、そういうことのリクツがわかりそうな題名の本があるってーと、つい買ってしまったりしますが、どうも、マンゾクしたためしがありません。

なにかハッキリ言いきってもらいたいのか？　というとそうでもなくて、そうそうそう、わかるわかる、とナットクがしたい。というか、自分が考えてることに近いことを言ってもらったら満足するのになあとか思ってます。なかなかそういうリクツには出会えませんね。

自分が考えてるリクツが、そもそも、的が外れてるってえ、場合もありうるんですけども、そう思うのは愉快でないので思いません。

ですから、最近はリクツじゃなく笑うと体内でどういうモノが出てるのか、とか、笑うと体にどういう効果があるのか方面、そういう方面の研究成果をもっぱら読んでおりますけど。

最近知ったことですが、おもしろいことにいままで私がなんとなく興味を持ってきた物質や機能と、笑いというのが、どうやらたいがい絡んでいます。

痛みを和らげるとか、快感をもたらすというのにホルモンてえものが関係していますが、私はこれに「快感汁《かいかんじる》」という、いかがわしい名称をつけて、ずいぶん前からひいきにしてきました。

学問的には、そんなことは誰も言ってませんけど、実感として、たとえば眠気がおそってくる時は、眠気汁がじわっとどこかでもれてる感じがするし、気持ちがいいときも、なんか汁気状のものが、ひろがってくる感じでしょう？

もっとも、神経というのは、電気が流れてまして、シナプスといって、接合部でもってはじめて汁が介在するので、人によっては、快感ていうのは、やっぱり電流でしょと思ってる人もあるかもしれません。

快感汁、神経伝達物質ともいいますが、ドーパミンとかエンドルフィンてのが有名どころで、この快感汁と笑いの関係ということでいうと、笑うと脳の眼窩《がんか》前頭皮質って所から脳内麻薬とか脳内モルヒネとかって一歩まちがうと犯罪に関係しそうな、ヤクが出るといいます。

剣呑《けんのん》ですから、やはり、ここはもう快感汁てえのが平和でいい。笑うと出るんですこれがタダで。

笑ったふりでも、ウソ笑顔でも出る！　と言ってます。ウソだからちょっと薄そうですが、これもちゃんと数値で発表してほしいですね。作り笑顔しまくりの職業の人の汁の出方やなんかのデータも教えてほしいです。

笑うとNK細胞、ナチュラルキラー細胞といって、ガン細胞を殺す免疫細胞が増えるそうです。笑うと副交感神経が優位になるってのと関係があるらしい。

ストレスや血管にも笑いは関係してるっていうし、右脳左脳の右脳ともα《アルファ》波とも関係あるっていいますからね、笑いがですよ。

笑うと運動したのと同じ効果もあるって説まであります。えー?! ほんとにそうなのー? と思いますけど。ちょっとでもそんなふうに効果があるんだったら、もう、のべつにヘラヘラ笑ってよう! と決意してもおかしくないです。

「与太郎、おまえ、のべつにそうしてへらへらしてるてーとばかに見えるゾ」

「へんなこといってやら。ばかに見えるって、おじさんあたいはばかなんだから、ばかがばかに見えたって当たり前だい。えへへ。ばかの顔がばかに見える、なんの不思議のあろうや」

「えらそうにいうな」

というようなことになります。おかしくもないのにウソ笑いなんかするのはコケンにかかわる、と我々は思っているんでしょうか。

「なにニヤニヤしてんのー？」

「いや、からだにいいと思ってね」

「ニヤニヤするとカラダにいいかい？」

「あー、そうらしいので実験してる」

「どういいんだ」

「だからね、がんかぜんとうひしつからしるがもれて、えんどるふぃんでどーぱみんだ。えぬえちけーだ」

風邪《かぜ》引いてしまった

風邪引いた。しっぱいした!

私はぜんそくがあるので、風邪をひくとふつうの人より、ずっとキツイ。だから寒くなってから、大勢人出のあるところへ行く時は、用心してひかないうちからマスクをして出る。

まだまだ暑いので油断していた。のどがヒリヒリ、カラカラすると、すぐにいつも携行してる「葛根湯《かっこんとう》」をのむようにしていたんだけど。

夜中、おや? ちょっとのどがカラッとしてるな、と思ったのに、まァ大丈夫だろ、と、そのまま寝てしまった。あとで大後悔時代。

ぜんそくのお医者さんに行って、いつものように口を「あーん」とした。

「口をあーんとしてください」と言われる前に、荷物を置いて、帽子をとりながら、どうも風邪引いちゃったらしくてといいながら、着席。

すぐ「あーん」としたわけだ。センセイも慣れているので、アイスクリームについてくる木のヘラみたいなのを、袋をやぶいて出すと、私の舌をぐっと押す。

「あーん！」

とさらに大きい声でいうと、センセイは「はい、赤いです」といいながらヘラをポイとくずかごに捨てて、カルテに書き込みながら、いつものように、

「いま、風邪はやってるんですよ」

と、おっしゃる。

はやってるんだと思う。私はどうも流行《はや》りものに弱い。

インフルエンザと、ふつうの風邪っていうのは、どう違うんだろう。ふつうの風邪っていういい方もちょっとヘンだが、両方ウイルスが、ワルサをしているの

に違いはないと思うんだけど、ウイルスにたちの悪いのと、穏健なのがいるってことだろうか?

昔、町でへ~んなチラシを配っている人がいて、なんだか異様だったんで、おもしろがって一枚もらうと、

「いまのような、腑抜《ふぬ》けた暮らしをしておると、風邪も引けないようなナマクラになる!!」という奇妙な主張が、熱っぽく書かれてあった。風邪を引かないカラダなら、いいじゃないか。とふつうは思うから、この「風邪も引けないナマクラ」っていう表現に、妙な説得力がある。

風邪をたまに引いたりするくらいが、健康体なのかな? と思ったりするのだ。ウイルスがのどについても、それを食べてしまう免疫細胞があるから症状が出ないのだ。それならなにも問題ないはずである。

ウイルスが入ってきても、免疫がまるきり働かないとしたらどうか。のどから痛みの信号もない。発熱してウイルスを攻撃することもない。としたら、それは

たしかにナマクラ身体かもしれないが、そんなことがありうるのか？　大体、そうしていたらウイルスはどんどん繁殖することにならないか？

それでは一体、この怪しいチラシの表現の、どこに「説得」されたというんだろう。こんなことを考えながら、センセイに出していただいた。消炎剤やら抗生物質やら、ぜんそくの錠剤やらを、じゃらじゃらのんで、これでもう治ると思っていたら、またぞろのどが痛くなってきた。

新たに、違う風邪のウイルスを、のどにくっつけてしまったということだろうか、もういちどのどが痛い→セキが出る→タンや鼻汁が出るっていうのを、またくりかえすんだろうか。

昔、暗黒舞踏の土方巽《ひじかたたつみ》先生の講義を聞いたことがある。

「世の中でいちばん恐ろしいものは、風邪です」

謎の言葉ですが、五十年たってもくっきり覚えてるってことは、なんらかの真実が含まれていたのかもしれません。う〜ん、のど痛い。

最近、眼科に通ってます

白内障は、目のレンズ、水晶体が白く濁ることで、世界が湯気もうもうの、お風呂の中のように見える病気だそうだ。

友人が、この手術をしたら、世の中がとってもハッキリ見えるのでビックリした。南クンも診てもらうといいといってすごくススメるのだ。

そんなこと言われても、私は別にフツーに見えてるし、目は昔からとてもよくて、大体、目薬をさしたことも、69年の人生でも数えるくらいだ。

その友人は、私より一つ上なだけだが難聴がきて、ずいぶん高価なドイツ製だかの補聴器が、ものすごくいい具合だ、というのを、二年くらい前に聞いた。

補聴器といえば、私は以前、80歳後半になったころの母にプレゼントして、ずいぶん喜んでくれていたように見えたけれども、一緒にいた姉の話では、ほとんど使っていなかったらしい。

おふくろは、入れ歯も、なんだかわずらわしいのか、なにかといっちゃあ、はずしてしまうのだ。補聴器も使ってみればわずらわしいものなのだろう。

人間の耳は、不要な音をカットして、たとえば騒音の中で、人間の声の波長だけを、選択的に聴けるようにするしくみがあるらしいけど、機械ではそれができないのだろう。

あれからずいぶん経《た》ったので、その高価な補聴器というのは、そのあたりを解決してくれたのだろうと思っていたが、どうもそれほどでもないらしい。

友人も、補聴器をよくはずして、忘れてなくしてしまったというのだ。ものすごくよくできているんなら、ちょくちょくはずしたりはしないだろうから、紛失するというのは、やはりどこかしっくりしないものとみえる。

白内障に関しては、亡くなった水木しげる先生が、一時、妙におとなしくなられてしまったことがあって、どうやら、目が見えにくくなっているのが原因らしいというので、白内障の手術をするとまたスッカリ元気になられた、と聞いた。たしかに、世界がぼんやり見えるようになったら、私も元気がなくなるかもしれない。

われわれ現代日本人は、視覚のたのしみに偏重しているから、その情報入力が減ってしまったら、きっとずいぶんガッカリなはずだ。

自分では、何の問題も感じていないけど、検診だけは受けておくのもいいかもしれない。と思って眼科にいってみた。

検査の結果、おどろいたことに「緑内障」のうたがいがあるというのだ。

白内障は、いわばレンズのくもりをとればいいだけで、そんなに心配はない。手術もたいがいうまくいくという話だったが、緑内障のほうは、視神経がどんどんなくなっていく病気であって、放置しておけば失明するので、なんとかこの進行を押しとどめなくてはいけないということなのだった。

そんなわけで、それからは定期的に眼科に検診にいっている。眼圧が高いのが原因ともいうが、眼圧が正常であっても緑内障にならないとも限らないそうだ。大体が「眼圧」とはどういう圧力なのか。毎回、目薬を注入されて、顕微鏡のような装置で、こちらをのぞかれて、きょうはそれほど高くないとか、ちょっと高くなってます、とか言われるけれども、狐《きつね》につままれたような気分だ。

狐につままれたと、今、うかつに書いたが、狐につままれたらどんな気分か、まだ未経験だ。狐も、なんだってつまんだりするんだ? どこをつまむんだ? それで何かうれしいのか? いろいろ疑問が起こるのだった。

そういえば晩年の山田風太郎先生が、いくつになっても知らないことや、わけのわからないことは世の中にはたくさんある。と書いておられた。

七五三縄と書いて、しめなわと読ますのがわからない。とお書きになっているが、あんなに博識な先生が何で? 辞典引いてみないんだろとそのとき思った

最近、眼科に通ってます

りしていた。今なら、その気分がわかる。

白内障が、レンズが白濁するからこの病名なのはわかるが、緑内障の緑はなんなのか調べていなかった。進行した緑内障の瞳孔の色が、緑色にみえるのでと、たった今辞書を引いてわかった。あおそこひ〈青底翳〉とも言ったそうだ。

耳が遠くなるということ

年をとると「耳が遠くなる」というのは知っていたはずなのだが、自分が年をとってくると、すっかり忘れているというのはどういう理屈だろうか？

しかも、自分的には、自分が老人だとは思っていないのだ。理性的に考えれば、来年70歳になる男の人が、お爺《じい》さんでないはずはないので、お爺さんなのだ。

来年70歳になる私は、ちゃんと調べてはいないけど、もう、ちょっと耳が遠くなっている可能性がある。

先日、ツマと美術館に行って、これから展示を見ようという時に、ロッカーに荷物を入れた。上着もジャマだというんで、上着も脱いで放り込むと、ツマが、

「あっ、いまチャリンていった！」

と言った。え？　どういうこと？　だから、お金が入ってんじゃないの？　上着に、え？　ウソだお金なんて入れてないし、チャリンなんていってねーよ。と、私は言ったのである。

だが、その主張は即座に取り下げざるを得なくなったのだった。ツマが私の上着のポケットから、小銭を取り出したからだ。１１０円ある。百円玉と十円玉が、ポケットの中でぶつかったために、チャリンといったのだ。

いったかもしれないが、私は聞いていない。ツマがものすごく得意そうに
「ほーら見ろ!!」

と言うのだった。確かに……と私は言った。百円玉と十円玉は私に断りもなしにチャリンといったのだ。ちゃんと断ってから言ってほしいものだ。

あの、いまからチャリンといいますよー、聞こえてますかァー、お爺ちゃあんって、お爺ちゃんていうな!!　と私は思ったのだった。

しかし、いま冷静に考えるならば、私はお爺さんなのだし、耳も少しだと思うが遠くなっている可能性がある。

実は、私の5つ上の先輩とか、私より10上の先輩は、確実に耳が遠くなった。会話をしていて、リズムが違う。トントントンと話がころがって、ワハハハハと笑ったりしていたちょっと前と違って、どうも会話のテンポがギクシャクする。

さっき言ったのになあ、ですからね、ですからですからですからね、みたいなことになったりするのである。これはつまり、耳が遠くなったからなのだった。

5、6人で話していて、ちょっと脇の人の言った冗談を、完全にスルーするので、おや？　この二人は関係に問題があるのかな？　と思ったりするが、それはまちがいであって、つまりよく聞こえなかったのだ。

たまにちょっとポカンとしてたりするのは、聞こえないところで、話がつながっていないからなのだった。

なるほどなア、われわれはお爺さんになったのだなあ。と思うのだ。

最近の体温計は、計測ができると、ピピピといって知らせるようになった。しかし、その知らせかたは、少し不徹底である。何を遠慮しているのかしらないが、ひどく声が小さい。

だけでなく、高すぎる。そんな蚊の鳴くような小さい、高い声で「体温が測定できました」とか言われたって、意味がないだろ、とお爺さんは思う。

蚊の鳴く声というのは、英語でモスキート音というらしいが、この音は、老人に聞きとれない音なのである。

そういえば、この夏は、一匹もうるさい蚊の音を聞かなかったけれども、これは老人になった特典だろうか。

蚊の鳴くような声が聞こえなくたって、刺されればカユイはずだが、カユくもなかったというのは、そういう方面にもウトくなったということだろうか？

どっちにしても、蚊が鳴いたり刺したりするのでイライラすることがなくなったというのは、とてもいいことではないか？　老人になるというのもメ

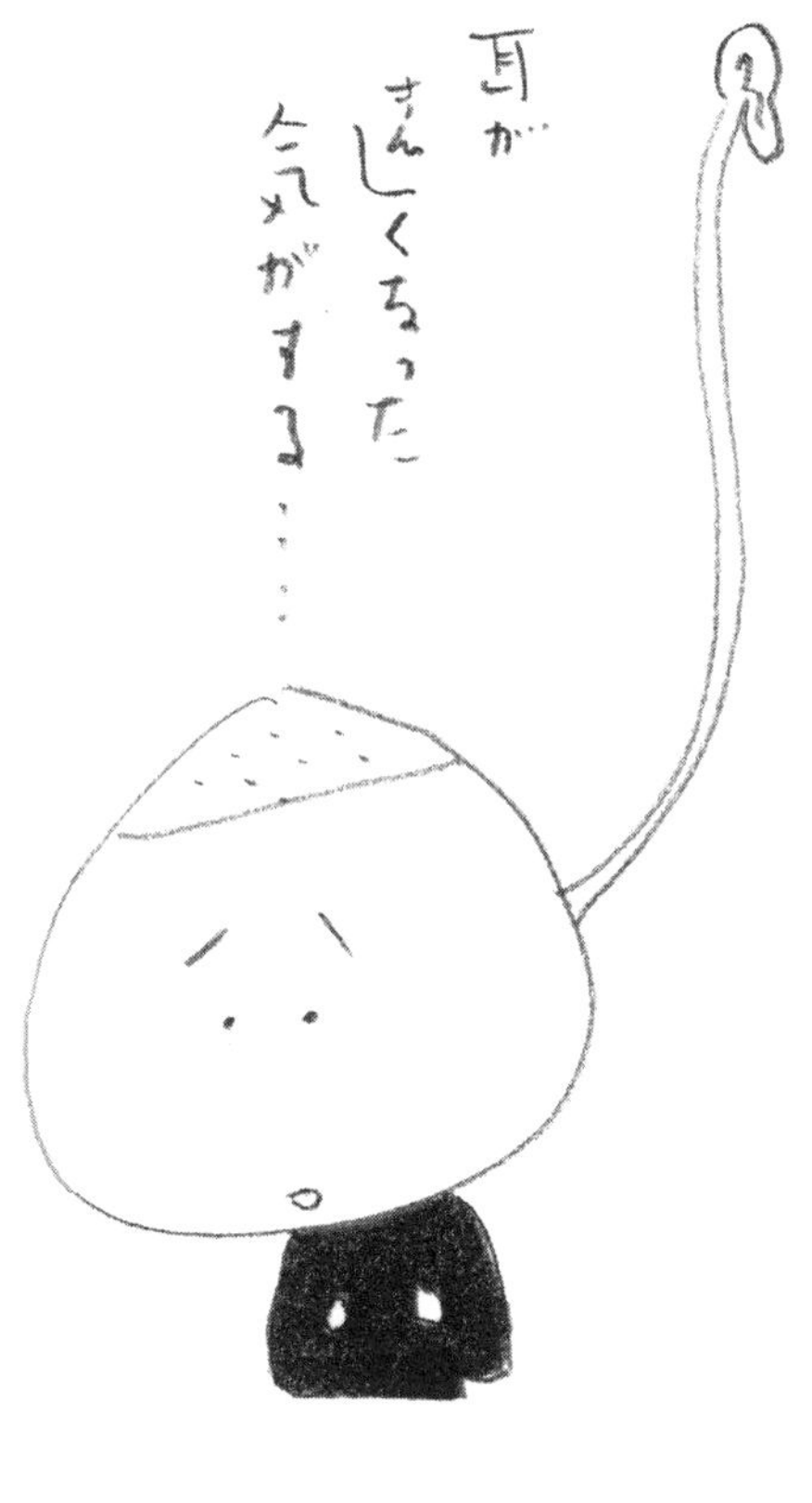
耳が
遠くなった
気がする……

リットがあるかもしれない。

これから同世代で話すときは、同じことを何度も繰り返して言おう。冗談などは特に念を入れて、聞き洩《も》らす人のないように、繰り返し、しつこく言うのがいいかもしれない。

「どうもキミは、冗談がしつこいね、何度でもいうね、たいがい分かってるよ」

「そうかね、いや、聞こえなかったら気の毒だと思ってね、何度言っても、ぼかぁ苦にならないからね」

「あはは、ずいぶん親切じゃないか」

とか言いあって笑おう。と思う。

手がしびれて

いま、右手がちょっとしびれてるんですが、自分でもよくまァ、連載のたんびに新しい不調が都合よく出てくるナと感心してしまいます。

例によって「手がしびれる」で検索してみると、つぎつぎいろいろ出てくる。よくある質問のようでした。手がしびれるっていう症状には、いろんな病気の原因が考えられるらしい。

あんまりいろんなことが書いてあるんで思わず笑ってしまいますが、中にパソコンを見るのにマウスを長いことつかっていると、血行不良でしびれるとあったのには、大受けしました。

首に問題がある場合もあるらしいけれども、この首に関しては、以前、タクシーに乗っていた時に、事故にあったことがあり、そのときは何ともなかったものの、その後、首が痛い時期が一定期間あったから、この首が原因説も、十分可能性のあることです。

さらに甲状腺機能低下症が原因の場合もあるらしい。これが以前、甲状腺が突然腫れ出したことがあって、この腫れた中身を注射で吸い出してもらって、その後はけろっとしてはいるんですが、これが原因になってる可能性だってある。

ストレスで自律神経が失調し、ホルモンバランスが崩れると、血行不良になることから、手がしびれる場合もあるらしい。ストレスっていったらもう、私は〆《しめ》切《きり》というのがストレスの素《もと》だと、この十年くらいでわかっているので、これも大いに可能性がある。

加齢による骨の変形が原因で、手がしびれることもあるっていうのもあって、加齢に関しては、いうも愚かであって、自慢じゃないが私は今年、七十歳になる予定だ。

　年をとれば、どこかに不具合がでてくるのは当然なので、つまり加齢というのは経年劣化のことである。

「カメラにたとえたら中古だ」

　と言ったのは、なんでもカメラにたとえるぼくの先生の赤瀬川原平《あかせがわげんぺい》さんだった。たとえないと、ただの愚痴みたいな話なのに、なんでもかんでもカメラにたとえると、なんだかおかしくなってくるのは、すばらしい。

　思えばずいぶん細かく、カメラにたとえていた。ボディにキズがあるだの、塗料がはげてるだの、レンズがくもってるだの、シャッターがおりにくいとか、とにかくカメラが好きなのでカメラにたとえるのだ。

　おそらく、カメラが昔は高値で手が届かなかったから、大人になってカメラが簡単に買えるようになってからは、昔の憧れだった「中古カメラ」を大人買いするようになったらしい。そうして中古カメラ的人生観というのを編み出したのだった。

中古カメラ界では、中古ではあるけれども、ていねいに手入れをして使った、状態のいいカメラを「中古良品」というらしい。

新品が理想、どこにも問題なしでピカピカで、というのは、生身の人間のたとえにはならない。まァ、赤ン坊は新品だけど、赤ン坊は悩んだりしないし。っていうか、赤ン坊のときのことは、すっかり忘れてて、私はまるっきり思い出せない。物心がつくころは、もう「新品」ではなくなってるわけである。

つまり、人間は物心つくころには中古だったのだ。中古なんだから、いろいろ不具合がでてくるのが当然なので、この不具合と、うまいことつきあいながら、いろいろダマシダマシ、手を入れながら生きていくのだ。というのがつまり中古カメラ的人生観というものだろうか。

冗談をいってるうちに、思わず深いことを考えてしまう。というのが赤瀬川さんのやりかただったが、近くで聞いているときは

「またカメラにたとえてるよ」

と思っていたものだ。

まあ、手がしびれるについては、もうちょっと様子を見てみよう。首の骨がどうにかなっていたら、そのときはそのときで考えればいいのである。

ところで、中古カメラのストレスとか血行不良とかは、なんとかコジツケられそうだけど、赤瀬川さんなら、中古カメラの首ってどのへんって答えたんだろう。

いま気がついたんだけど、全然、右手がしびれていない。

ギックリ腰

なんと！　ギックリ腰になってしまったのだ。毎回毎回、どこが痛いだの痒《かゆ》いだの、よく続くもんだ。みたいなことを前回書いた気がするが。

「とんでもないことである」

ギックリ腰は痛いなァ。なんかのＣＭで「もー、出かけるのやんなっちゃう」っていうおばさんが出てきて、あんまり感じが出すぎてるもんで、ウチでウケてたら、そのうちフッと、そのおばさんだけ出ないバージョンに変わってしまった。

やってたときは、正直またかよと思ったこともあるので、おそらくそういう苦情が入ったので、係の人が自粛したのじゃないか？

痛いのやですからね。

ところが、しばらくしたら、またあのおばちゃんが復活してて
「もー、出かけるのやんなっちゃう」

って同じこと言ってる。って元のままになっただけの話ですが。

「なんでアレ外しちゃうの、あそこがいいんじゃない!」

とトランプ大統領がツイートしたかもしれない。まァ、痛いのはたいがいの人はいやなのである。元気なうちは、

「痛いのは生きてるって証拠だ!」

みたいな主張をダレかがすると、

「なーるほど」

と、思ったりしてしまうものだが、痛いときはゼッタイそんな風な思想に、賛同はしないはずである。

痛いというのは体のほうからの信号であって、まァひとまず休め、安静にして

ろとか、どうすると痛いか考えて、痛くないようにしろ、ということだろう。

「痛くないようにしろ」

とか言われなくたって、そうする。

なかには痛いのが好きな人も、いる可能性はあるが、現在はそういう可能性に思いをいたす余裕もない。

「メンタル的にも余裕ゼロ」

って、やっぱりCMがあった気がするけど、なるほど広告をつくっている人っていうのは、そういうコトバが弱ってる人には届く、っていうのをよくわかってるんですね。

ギックリ腰は、状態をあらわしてるコトバで正確な意味の病名ではないらしい。いろんなケースがあるんだろうけど、私の場合は、椎間板ヘルニアというものらしい。椎間板は広辞苑によると「脊柱に連なる椎骨と椎骨の間にある円板状の組織」ということだ。

この椎間板は「中心部の髄核《ずいかく》と周辺の線維輪から成り、髄核は水分に富むゼリー状、線維輪は線維軟骨」であると記述されている。

たったいま椎間板ヘルニアで、痛くない人にとっては、なんとも思わない記述だろうが、私はいま辞書を引き写しながら、いわゆる「ちょっと癒やされました」というか「なんかパワーをもらった気持です」という気がしたのだった。

なるほど、そうなってるところの「線維輪に変性・損傷があって、髄核が後方に脱出し、脊髄や神経根を圧迫する」ので「いっっっってえー！」のかあ。

と思うのである。そうかわかった、そういうことか、となるのはいいのだが、それが体を具体的にどう動かしたときなのかが、よくわからないのが迷惑である。

いまのところ、ハッキリしてるのは、寝るときと、起きるときが猛烈に痛いということだ。寝るのも起きるのも、ふだん無意識にやってるので、どういう動作が激痛を引きおこしているのか、事前にわからない。

いろいろやってみて、痛くなく起きたり寝たりする方法を考えればいいのだが、そのやってみた途端にものすごく痛いので
「やだ！」

すごく痛い！　のだった。これだったら、まだ尿管結石で猛烈に痛いときのほうがマシ、といって病名がわからず、原因がわからなかったときの恐ろしさといったらないいんだけど、わかって処方の後にケロッと治るのがわかってからはまるっきり怖くない。

いつ、どうしたら痛くなるか。わからないときには痛くないときも痛いのである。こうしたら痛くなるとハッキリしてれば痛いときも大して痛くない。

そんなわけで、私はいま、あのＣＭのおばさん状態なのである。

「もー、寝るのも、起きるのも、出かけるのもやんなっちゃう」

えー、お後がよろしいでしょうか？

エッ？　骨折?!

　ギックリ腰がずいぶん痛いのである。寝ようとしてベッドに入ろうとする体勢が痛い。起き上がろうとすれば大騒ぎだ。

　腰痛を、体操することで治していく、っていう療法に賛成だったので、これを実践していたのだが、どうも様子がおかしい。クリニックの先生にそう言うと、まずそのベッドで寝起きするところをみてもらうということになった。

「う〜ん、レントゲンには映ってないけど、ひょっとすると骨折かもですね」

「え?!　コッ……骨折ですか?!」

　と私はビックリしてしまった。今年の6月に七十歳になるけど、まだ、生涯一度だって骨折したことない。

直接の原因は、畳に腰を強打したことである。しかし畳である。私の漢方の主治医・丁宗鐵《ていむねてつ》先生は、若いころ柔道をしていたので、車にはねられた時に、トッサに受け身をとったそうだ。

カスリ傷ひとつない。はねた運転手がびっくりしていたという。丁先生は私と同い年だけど、ずいぶんな違いではないか。私は畳に倒れ込むについて、むろん受け身はとってない。まったくの無防備で畳と激突した。うっっっと息ができなかったが、しかしまさか、あんなことで「骨折」するものだろうか？

と思ったがしていたのだった。ＭＲＩを撮ってみると胸椎12番、その次から腰椎がはじまるところの骨が、

「ほら色が変わってるでしょう」

と見せられた。なるほど変わっている。レントゲンと違ってＭＲＩには、水分が映るらしい。なんだよ水分て、血のことかな、それとも髄核が出てきちゃって

るってこと?　うわぁー、まずいじゃん。と思ってコワイから詳しく訊《き》けない。

「圧迫骨折です。これからコルセット作りますから、それ装着して、一か月安静です。体操は一切やめましょう。骨がつくまでとにかく安静」

いまは、この固定をするための、特殊な素材が発明されてて、自分の腰にぴったりその素材を当てて型どりすると、10分くらいで固まってしまう。それをいわゆる腰のサポーターみたいなモノに差し込むとコルセット完成である。

「踏んづけるとコワレますので気をつけて下さい」

って注意された。それにしても、ちょっとギックリのつもりがこれじゃ大怪我《けが》人じゃないか。

コルセットは、ベッドに寝てしまってからはずす。また必要の際には、これを体の下へすべり込ませないといけないのだが、これがまたえらい騒ぎになる。

っていっても、騒ぎはしない。痛みが急激にくるから顔が大騒ぎになるだけ。だけって痛いんですけどね。

夜中に何度もトイレに立つ問題もまだ解決していないから、問題はさらに複雑化した格好だ。

この間《かん》、ツマがとても頼りになった。

「よし、遠慮なしに、いつでも何回でも起こしなさい」

と、胸を叩《たた》いていってくれた。

そのうち、いつの間にか、電動ベッドのレンタルはする（即日）、手でつかまる四本足の杖《つえ》みたいなヤツも、その日のうちに買ってきてくれた。

ベッドの上で、体をすべらせる小道具で、やや大きめのクリアファイルを買ってきた。これがものすごく活躍したのだ。元気な時には想像できないんだけど、寝返りをうったり、体の向きをいろいろ変えるという時に、布どうしの摩擦というのはものすごくネックになるのだった。

やっぱり、人間は背骨が一本通ってなくちゃ。とか、やはりバックボーンが大切。なんてふうに、世の中では安易に背骨にたとえるけれども、ほんとうに背骨は、一コ色が変わっただけ（なんで変わったのかコワくてきいてないから今でも知らない）で、とんでもなく、どえらいことになるのだった。

丁先生の定期診断の日に、この間のことを報告した。いつものように、ひととおり冗談言って、笑わせてくれた後、それはしかし、骨粗しょう症の疑いありだねということになった。

今日届いた『きょうの健康』にくわしく載ってた。どうも私はおしもおされもしない「高齢者」だ。次回は「骨粗しょう症」の報告になると思う。実は明日、ちょうど一か月の安静期間が明けるので、クリニックに出かける日なのである。

少々フマン

あれから2か月たった。あんなに痛かったのに、いまはもうなんでもない。コルセットもとれたし、ジムにもこないだ行った。

それにしても背骨は大切だ。一コ圧迫骨折しただけで重病人だ。寝るのも、起きるのも大騒ぎ。時代劇でいったら、もう斬られちゃってるのに、まだしぶとく生きてるワルモノである。断末魔でのたうってる悪家老である。

ツマには大いに感謝した。『シャボン玉ホリデー』のハナ肇《はじめ》みたいに、「すまねえなア〜」と言ったのだが、ツマは「介護の練習になった！」と言っていた。

なるほど、ベッドの寝起き、夜中のおしっこ、要介護ってのはこんなことだな、と私は思った。

ところで、骨粗しょう症だが、病院に行っておスミツキをいただいてしまった。（ぜんぜんほしくなかったけど）

骨密度、若い人にくらべると49％、同じ年の人と比べると62％である。完璧に骨粗しょう症だ。以下がそのおスミツキ。

骨内伝播《でんぱ》速度１４４２ｍ／ｓ

「あなたの骨密度は、若年者の平均値に比べてかなり少ないようです」

とある。うるさいやいだ。

ひと月に一回ものすごく厳重に包装されてる錠剤を一粒と、毎日一錠小粒のイクラみたいなのをのんでいる。

一難去ってまた一難だけど、まァ、骨粗しょう症が一難の原因だったわけだから、薬のんで治るなら、まじめにコツコツのむしかない。

「よし、積極策に出よう！」

といってツマが提案したのは、毎朝一匹ずつ煮干しを食べて、日光に当たる！だった。煮干しは一匹ずつセロハンの袋に入ってるやつで、ちょっと硬めで、なかなかうまい。

出勤のとき、

「じゃ、手の平を太陽に向けて、歩いてってねー、がんばってねー」

といわれるので、そのようにしてる。なんでも、日光に当たるのが骨を作るにはいちばんなんだけど、手の平がもっとも効果的に吸収するのだそうだ。

大まじめに実行中だが、冷静に考えると、けっこうヘンなカッコだ。

通勤中だから、カバンをもってる。どちらかの手にかけて、つまりスーパーでお買い物中の奥さんみたいな体勢で、日なたを選んで、手の平を上に向けたまま歩いていく。

天に向かってなんかチョーダイ。って言ってるみたいだ。いや、なんかじゃない、カルシウムをとり入れるために、日光をもらってる。もうチョーダイしてるかっこうがまだ「なんかちょうだい」みたいになってるのだった。

いずれ、もっと暖かくなったら、半ズボンになって、脚からも日光を吸収する予定だ。

ところで、弱り目にたたり目っていうか、昨日、サンドイッチにがぶりと食いついた途端にべきっと音がして、前歯が三本、まとめてとれてしまった。

この前歯は、セラミック製のニセ前歯であって、ほんとうの自分の歯は、とっくの前から抜けていたのだった。

前歯が三本、いっきにとれた状態、というのは、想像がつくと思うけど「ものすごくお爺《じい》さん」である。この歯が抜けたのは、もうずいぶん前のことで、いつだったか忘れてしまったくらいだ。

つまり私は、ほんとはずいぶん前からお爺さんだったのにもかかわらず、毎朝顔を洗う時に鏡の顔を見ながら、

「そんーなに、おじいーさんじゃない」と、思っていたのである。

だが、ほんとうのところは、前歯は欠けているのであり、骨はスカスカのカルメラ焼きであって、少々というよりも正真正銘の骨粗しょう症だったのだ。

「そんーなに、おじいーさんじゃない」で思い出したが、私はメロディーにむりやり歌詞を押し込んだような歌が気に入らないので、朝ドラを見るたびに、「ムソカが、タンージュじゃないって何だあ」と文句を言っていたのだ。こないだ、年の若い友達にそう言うと、それは「ミスチル*」の曲じゃないですか、南さん、それ、言わないどいた方がいいですよ、と忠告されたのだった。

「すごくお爺さんに思われます」

そっかあ、やっぱ、そうだよなあ。

＊ミスチルの曲「べっぴんさん」の主題歌「ヒカリのアトリエ」のこと。ムソカは夢想家のことでした。

免疫細胞に喝！

そんなワケで、今は「骨粗しょう症」と闘ってるワケですが、はた目にはとても「闘ってる」ようには見えないと思う。

日が照ってると、前の公園に行って、ベンチで日にあたっている。のんびり日なたぼっこをしているだけだ。

ひと月にいっぺん、ビスホスホネートという錠剤をのむ。この錠剤は朝起きたら、口をゆすぐ以外は、何も飲まず、何も食べてはいけないし、錠剤をのんでから横になるのも禁止である。

ばかに厳しいように書いたけど、朝起きたらもう横にはならないし、うがいしたり歯をみがいたりしたあとに、スグなんか食べたり飲んだりなんかしない。

あ、いや、そんなことないか。お茶飲むなア、それから漢方薬のんで、口なおしに何か甘いもんとか、ちょっと食べたりする。最近は甘酒をツマがつくり始めたので、これにしょうがのすりおろした汁とかちょっと入れて飲んでる。

すごくうまい。甘酒っていうと、コドモの頃酒カスをお湯で溶いたみたいなの飲まされて、一度だってうまいと思ったことない。でも、この自分とこで発酵させた甘酒は、ほんとーにうまい。

あ、そうじゃなく、ビスホスホネートだった。これ、べつにそんなに大層なことはないので、ごく簡単に錠剤はのめるし、三十分なんてすぐ経《た》つから、全く何の問題もない。

それから、朝メシを食べ終ったら、こんどは、ビタミンDだったか、なんか、イクラくらいの錠剤を一粒のむことになっている。これで「骨密度」を上げようということなんだけど、運動もしなくちゃダメだ。最近はまア、少しおちついてきて、時々ジムに体操にもいくから、この体操を、もう少し熱心にやるのが理想的だろう。

ところで、圧迫骨折だ骨粗しょう症だと大騒ぎだったけど、事の発端は、どうも近頃、右腕から手先がなんかの拍子にしびれる。首がどうにかなってるんじゃないか？ というので「リハビリで腰痛を治す」っていうクリニックに行ったところから始まったのだった。

レントゲンを撮ってみると、

「脊椎のいちばん上といちばん下に、ちょっとヘルニアが見えますね」

ということなのだった。

一段落したので、ここに立ち戻って、手のしびれを、リハビリでなくそう。ということになったのだった。

まず正しく立って、アゴを引く。

という指導を受けた。その時は、どうも右上空を見るような姿勢をとったときに手がしびれるような気がする。と報告していたんだけど、リハビリをしてみるとまず「正しい姿勢をとる」と「手がしびれる」ということが判明した。

右上空でも左上空でも、別段変化は起きないのに、背すじを、びん！　と伸ばすと、じきに手がしびれてくるのである。さらに、アゴを引き、その状態をさらに手で押して維持しようとすると……

手がしびれるのだった。

「これはリハビリになってるのだろうか？」。しびれる症状を毎日、「再現」してるみたいなことになってないか？

ヘルニアは、どの程度出ているのか、「骨折」が問題だった時には、後回しになっていたから、くわしくわからない。

しかし、2、3年前から、歯医者さんに、姿勢が悪くなったと指摘を受けていた。「大ゲサに言うと、こんなカンジになってます」

と先生のいう姿勢が、下アゴが後退した状態で首が前につき出て、猫背になって、膝が曲がってる。

「先生、それ中学生がやる失礼なマネみたいじゃないすか」

と私は不平を言った。

だが、まあ今思えば、そのころ既にヘルニアが始まっていた可能性もある。あるいは、そういう姿勢になったことによって、ヘルニアが始まってしまったという可能性もある。

「ヘルニアって、もう出てしまったものは、出たっきりですかね？」

と質問してみると、

「免疫細胞が正しく働いていれば、そのヘルニアになってる部分を、とり去ってくれるんですがね」

とのことだ。「ですがね」というのは、つまり免疫系が正しく働いていない、ということらしい。働けよ、正しく。オレの免疫細胞!!　と私は免疫細胞に喝を入れといたけれども、どんなもんだろ。免疫細胞、日本語、理解できてるかなあ。

体温計開発部

朝起きると、顔を洗って歯をみがく。体重計に乗って、71・0kgとか、体脂肪と内臓脂肪が何パーセント（今、手元に帳面がないのでわからない）とか、帳面につける。

帳面につけると、体重がへるっていう話だったが、へったりふえたりしてるだけであまり変わらない。

つけはじめの頃に、身長が177cmあったが、いまは174cmしかないっていうのが、最近、病院で知らされた。身長の数値を入れかえると、内臓脂肪、体脂肪の値も変わるかもしれないが、そもそも、ソラで今日の数値がすっと言えるくらいじゃないと効果はないだろう。

そのあと、リビングにいって、今度は血圧計で血圧を計測する。上が１２０くらい、下が80とか70くらいが多い。

高いとムキになって何度も測って、気に入った血圧が出たら、それを記入することにしている。

脈拍は60台がいいと聞いたので努力してるけど、けっこうむずかしい。最近はあきらめて、てきとうなところで手を打って書き入れるようになった。

なんの意味があってやってるのかよくわからない。

それが終ると体温計にとりかかる。36度5分以上が希望だが、それ以下だと、

「おいおい今朝は体温が足りてないぞ、免疫機能がおちてんじゃねえの？」

とか思う。

あ、そうだ！　いやいやいや、今回はこんなことを書こうとしてたんじゃない。

体温計について「主張」しよう！　と思って書き始めたのだった。

先日、お爺《じい》さん同士で飲み会をした。70歳、69歳、68歳。それぞれのオクさんも来たので六人だ。オクさんはみんなダンナより若いので、お婆《ばあ》さんじゃない。いや女の人は自分からお婆さんになる人はいないので、大体、世の中にお婆さんというのはいないのだ。

それはいいとして、オクさんがダンナより若いと起こる不都合というのに、体温計の音に関する意見の不一致ということがある。

「鳴ってるよ」

「え？　何が？」

「何がって、体温計」

「え？　ウソだろう」

「ウソじゃなく」

と、ずっとこれをやってると、不穏な空気が醸成されてしまいかねない。

お爺さんは、体温計のピピピピ音が、かぼそくて高すぎて聴こえないのだ。

宴会でこの話題が持ち出されると、お爺さんは三人とも、当然のように
「聴こえない」

ということになったのだ。

「へえ～、聴こえないんだ、みんな」

といってうちのオクさんも、ヨソのオクさんも納得してくれた。

有意義な会になった。

が、あとはほとんど冗談しか言っていない。体温計の音が老人に聴こえなくなっているのに、体温計業界がいつまでも気がつかないのは、社内の体温計が鳴っても気がつかない人材を、はしから切りすててるからだな。

全くだ。貴重な人材をムザムザ切りすてて、そのことにまったく気がついていない。オレが体温計会社にいたら、いまごろ画期的な新製品ができてるよ。

「こんなんでましたあ」

って人間の声で言うのとかね。

「だからそういう高い声はダメなの」

「あのオ、体温測りました」

「何度だった？」

って質問に答えるカタチになるとコストがな。自分で腋《わき》の下から這《は》い出して
くる方式だとさらに高くなっちゃうか。

顔見ただけでピシャリと当てるバーのママみたいなのはどうかな。

「あなたはネ、36度3分ね、平熱……」

「で、どうなの？」

「どうなのって」

「だから36度3分ってのはいいの？」

「いいんじゃない」

オクさんたちは、自分たちだけで山菜の話をはじめてしまった。まァしかし、
大変有意義な会だった。

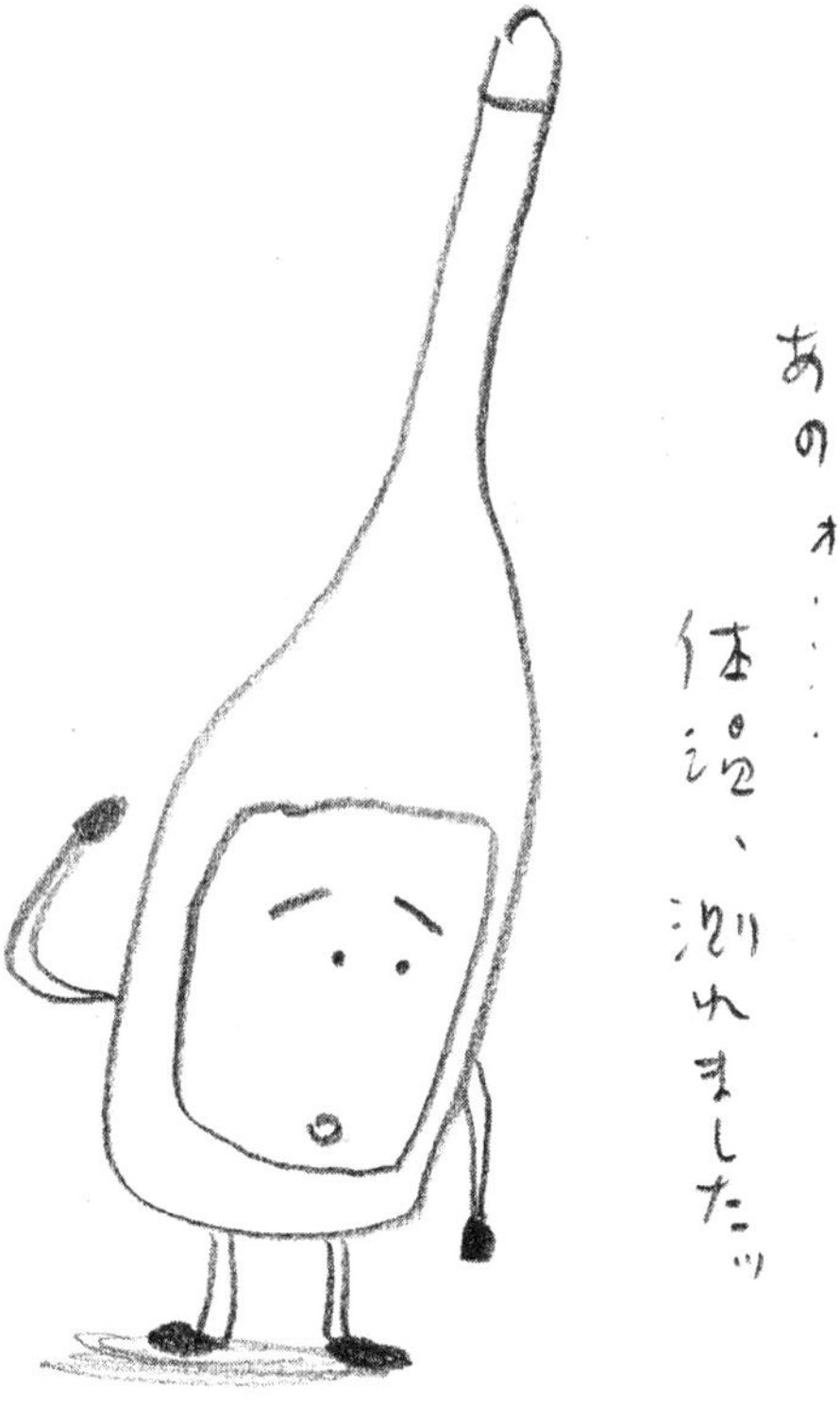
あのォ・・・・
体温、測れましたッ

鼻が痒《かゆ》くなったらどうしよう

手術した。

以前、背中のアテロームを知り合いの先生の病院で「こんなもの、ほっといていいんだけどさ、手術してやろうか?」というんで先生の病院の手術室で「執刀」してもらったことはある。

あ、そういえば、痔瘻《じろう》に罹《かか》っちゃったんじゃないか?　と思って肛門科に行ったら、これもアテロームで、その場で切開、中身をしぼり出してもらったこともあった。

どちらもあんまり「手術」っていうもののものし感はなかったのである。

今回の手術は、マジ、ものものだった。ものすごくものものしかったのである。手術の前に「同意書」を書かされたし、なにかというと本名をフルネームで言わされた。患部の左右の確認も、マジに何度もカクニンさせられた。

手術室に、歩けるのに車椅子に乗せられていったし、手術台に乗せられると、ソックスも脱がされた。パンツ一丁に手術着を着せられてて、ちょっとうすら寒い。どんどん重病人気分になっていく。

だが、実際に重病人である可能性もあったのだ。私が疑われていたのは「悪性《あくせい》黒色腫《こくしょくしゅ》」という病気だ。

マコ、甘えてばかりでごめんね、のミコ（吉永小百合《よしながさゆり》）は軟骨肉腫だが、字面だけみたら悪性黒色腫のほうがコワイ。

ネットで調べると、悪性黒色腫＝メラノーマ「聞きなれない言葉ですが、実は恐ろしい病気の名前です」と出てくる。私はこの時点では一切「ネット検索」をしなかった。なまじ検索なんかしたら、あたりに心配の種をまき散らすようなことになる。そして、その種はまいたそばから、ずんずん発芽して、みるみるしげってしまっていたに違いない。

もともとメラノーマはおそろしいって話は友人から聞いていた。進行が速いし、転移するケースが多いらしい。

そんな病気のこと、くわしく調べたりしてたら、いずれそのまま罹ってしまうに違いない。というのが私の考えだ。

だから、メラノーマがノーマン・メイラーに似ていることなどについて、無意味な思索をするくらいにとどめておいた。

ノーマン・メイラーはアメリカの作家で、何故《なにゆえ》そんな名前を知ってるのかというと、高校の同級生の松ちゃんが、外人の小説を読んでいたので、何て名前の外人？　と私が聞いたのだ。

松ちゃんが読んでいたのは『ぼく自身のための広告』というのだったが、名前を覚えた以外は以後ノーマン・メイラーとは没交渉だった。

ぼくの本名は、みなみのぶひろというので、ノーマン・メイラーとはイニシャルが一緒なのだ。無駄に覚えていたのは、そのせいだったと思う。

手術台に上ると、患部のあるほうの腕全体をビシャビシャにアルコール様のもので殺菌された。患部といっても、小指のつけ根のところに、ハナクソを丸めたくらいなホクロ状のものがあるっきりだ。これを、ともかく「切除」してしまうにかぎるらしい可及的速やかに。

メラノーマはメラニンを形成する色素細胞が、紫外線などの影響で悪性化するのじゃないか？　とされているけれどもハッキリした原因は未《ま》だわかっていないそうだ。（もちろん、これも後になってネットで検索した）

なにも知らないでおいた私は、手術台にソフトなハリツケ状態になっていた。左手は施術台に固定されているし、右手には脈拍や血圧を測る端子が、はりつけてあるから、勝手に動かすことはできない。手術前に小便はすましてあるが、もし「大」をしたくなってもムリだろう。

それより、私は鼻毛の伸びが速く、なにかの拍子に鼻の中で鼻毛がさわって、ものすごく痒くなる。これを激しく憂慮していた。

「どうするんだ、手術中に鼻の穴がむず痒くなったら！」

寝たままの視線の先には、波形の光の線が映されている。緑色の画面に明るい黄緑で流れていく。あの線がツーってまっ直《すぐ》になったらオシマイのアレだ。

想像はつくと思うけど、小指のハナクソは悪性黒色腫じゃなかったし、鼻の穴は手術の終わるまで痒くならなかった。

水を飲むようにしよう

「水飲んで……」と、ツマが寝言のように言うのである。夜中の3時、私はトイレで小をしてきたところだ。

しばらく様子を見てると、ツマが枕元の水を指さすので寝言じゃないのが知れる。

私は、いませっかく、トイレで放尿してきたところなんだから、またここで水を飲んだら、もとのもくあみではないか？　と思っているのである。

いや、最近はそう思っていない。暑くてさんざん汗をかいているところに、放尿すればそれだけ体から水分は失われるので、血液の水分量も減って、ドロドロになってしまう。

のみならずそれが、塊をつくるくらいになれば脳梗塞を起こすし、急性腎不全を起こしたりもするらしい。

TVでやっていた。寝る前にコップ1杯の水を飲むように、とも言っていた。いままで、さんざんツマが言っていたことで、私はしかたなく、ツマが見ているとコップの水を飲んでいたのだった。

どうも、ツマは私よりも、医学知識がちゃんと身についている。私は夜中に何度もトイレに立つのが、おっくうだとそれしか頭になかったのだ。

以前、二人の医者に別々に一日2ℓの水を飲むように言われたことがあって、あわせて4ℓもの水を、毎日、そんなに飲めるもんかと、書いたことがある。

なんで、そう言われたのか、正しくは覚えていないけれども、血液検査とか、やった結果で、そうすることになったのだと思う。

仕事場に向かう途中の公園で、ミネラルウォーター（水）を買って、ベンチで

飲みながら、

「大体、なんだって単なる水を金出して買ってんだ?!」

と思っていたから、あれはもう、そうとう昔のことだろう。

近頃は、なんの抵抗もなしに、自販機で水を買うようになった。

でも、いまでも時々、駅や公園の水飲み場の蛇口から水を飲む。不思議そうに顔を見られる気がするので、世の中に物申すみたいに、私はあえて、水飲み場の水を飲むのである。

水飲み場で水を飲む、何の不思議があろうか? ということらしい。しかし、たいがい、その水はまずかったりする。世の中に主張しない時は、ミネラルウォーター(水)を買って飲むのである。

映画館などに入って、このミネラルウォーター(水)を飲みだすと、なんでなのか妙に律義にちびちびと何度も飲むのはどうしたわけだろう?

自分でも妙だと思いながら、いま飲んだばっかりなのに、またキャップを回して、ほんのわずかの水を飲むのである。

私がもし二人いるとしたら、ミネラルウォーター（水）をカバンに沢山《たくさん》つめこんでおいて隣に座り、私が水をちびちびやって、もうなくなりそうになったら、いっぱい入ってるほうにサッと取り替えてやろうと思う。

きっと、わけもわからずに2ℓくらいは平気で飲んでしまうのではないか？

いや、そんなことはあるまい。知らずに飲んでいたって、そのうちおなかがゲボゲボになってくる。

「なんだかおなかがゲボゲボだな」

と思うと思う。

そしてふと横を見ると、私とソックリの男がとなりに座っているのでびっくりすると思う。

しかし、何で？　私は血がドロドロになっても水分を補給しようとしないのだろうか、のどが渇くだろうし、水が飲みたくなって当然なのに。

まア、そのようにちゃんとしていれば病気になったりしないのである。

ツマは私が、熱中症になるのではないか？　というのを、けっこう気にしてくれている。

私が仕事机で、絵を描いたり、作文をしたりしていると、麦茶や、ほうじ茶などを持ってきて、飲め飲めと言うのだ。「ほら、ま〜だ飲んでない」と言う。

飲んでいないからだが、これは、私が仕事に熱中しているからで、ついつい、出されたものをそのままにしてしまう。

悪気はないので、一種の病気かもしれないよと私はそのように言う。

「何の？」

「だから、熱中症だな」

としとったら「や」になった

七十歳になった。

からってどうなるもんでもないだろう、と思っていたんだけど、どうもちょっと六十歳になった時とは違う気がする。

七十歳っていうのは、なんだかんだ、やっぱり「としより」だよ、と自分で思うのだ。

たしかにこのへんで気がつかないと、八十歳になっても、こっちはぜんぜん、としよりになった気はしないんだとか言って、周囲は半笑いだろう。

さらに九十歳になって、自分だけはとしよりじゃないなんて表明したら、

「そうですね、ぜんぜん見えません」

と周囲の人は、真顔で言うしかないだろう。

七十歳がとしよりなのは、あと十年したら八十歳だと、足し算ができるからだ。

そうして十年っていうのは、ほんとうにアッという間なのだ。

アッという間に八十になってしまったら、今度はアッという間に死んでしまうところを考えないわけにいかない。

近頃は百歳まで生きる人も多くなっているらしいから、まだまだ死なないぞと思っていたって、もういちど
アッ
と、言ったらもう百なのだと、計算できるのである。

なんで六十のときに、そのカンタンな計算ができなかったのか？　って話だが、それはまあ、まだまだそんなことを考えることないか、と思っていたからだ。

七十になって、あと一回アッといったら八十かあ、と思うと、なんだかガッカ

りするよ、と同い年の友達が書いていた。

「いままで、何やってきたかなア、と思いだして、まァアレとアレはマシな仕事だった、みたいに思える時もあるけど、まだ、何にもできてねえな。と思うときもある」

というのだ。そんなふうに考えたことがなかったな、と私は思ったのだった。

「何やってんだろ、今まで何やってたんだろと思ったら、老人性ウツみたいになっちゃったよ」

という人もあるのだ。

その人は立派な人で私から見たら、もう十分に世の中のためになること、やりましたよ、十分ですよ、と思うけれども、そういう人だから十分ではないのである。

そうして聞いていたら、もう次の立派な目標がちゃんとできていたのだった。

「なら、いいじゃないですか、じゃあ、もう老人性ウツじゃないんですね?」

「あー、まア、それはそうじゃない」

というので安心したけれども、そんなにまじめなのも、いかがなものかと思う。

そうかあ、年をとることで憂鬱になるってことがあるんだな、と私は思った。

腰が痛いとか、首のとこも痛いとか、足が冷えるとか、ハゲてきたとか、目がかすむとか、耳も遠いし、言いたいことがあったのに途中からここまで届かないしとか、ページはめくれないしとか、そういう具体的に「や」なことがあって憂鬱になるってのならわかるけど、あー、あと十年で八十かあ、と思って憂鬱になるっていうのは気がついてなかったな、と、私は思ったのである。

いわれてみたら、これは確かにユーツである（もう漢字で書くのがオックーになったのでカタカナ）。

考えたらユーツの横綱は「死ぬ」ことだろう。次に「や」なのは「死ぬほど痛い」だ。が、この痛いのは、ほんとにものすごく痛い時には気を失うらしい。

ものすごく痛くても、何が原因で、どこがどうなって痛いのか、わかっていれば結構ガマンできる、というのは経験上わかった。

とっても「や」なのは、その原因がわからないのと、死ぬかもしれない、と思うところが「や」なのだった。いつまた痛くなるのか？　と考えさせるところが「や」なのだった。

ようするに、「考える」のが「や」な原因かもしれない。もっといったら、「考える」自分がなくなってしまうのが「や」なのかもしれない。

坐禅《ざぜん》とかでは、「無我」ということをいうけれども、あれは「死ぬのを考える」のをやめる練習かもしれない。死ぬのが「や」な一番の理由は、そう考えてる自分が、ないことになることだからだ。自分はなくていい、と思い込めということだろうか？

相談っていわれても……

クリントさんは1930年の生まれでクリント・イーストウッドと同い年だから「クリント」さんである。前のほうで「夜中にトイレに立たずにすむ方法」を伝授してくれたおじいさんだ。

ジムで知り合った異常に元気で健康な87歳。夜中、一回もトイレに立たないでぐっすり朝まで寝てる人。

「だからなァ、参考になんないなあ」

と私は思っていた。クリントさんは酒もタバコもしてない。勤めていたころは、飲みも吸いもしていたろうが、つきあいでしていただけで、趣味はジム通いと、おしゃべり、健康情報の収集といったカンジだから、かさねがさね健康です。

案の定、クリントさんのいうように、寝る2時間前、湯舟につかって20分、風呂から上がって2時間の間におしっこして寝たら「バッチリ朝までグッスリです」説は、なかなか習慣にできないし、やったその日から、完全に改善というワケにもいかないから、結局この「小問題」は解決せずにズルズル今日にいたってる。

時々、あれ？　今朝は完ペキにぐっすりだったな、という日が、以前より多くなっているけれども、またここのところ、スケジュールがきつくなって、リズムが崩れていた。

やっぱり、健康にいちばん効くのは、規則正しい生活で、ムリをしない、適当に運動する。っていうことらしい。体調がよかった時のことを思い出してみると、たいがいそれができてた時だ。

私の印象でいうと、快食、快便（いつも同じ時間）ていうのがいちばんいい。

どういうわけか、快便の日に夜中足がつったことが一度もない。便通のなかった時、というのは何かの都合で出したい時に出せなかった、ためにリズムがくるった。という具合でこれが不都合のおこってくる前兆だ。

つまりキチンキチンとうんこできてる間は、非常に調子がいいのである。足のつる原因は、まだ科学的には解明されてないという話だが、私はこの便通と足のつることとの関係について、ぜひ研究者に注目してもらいたいと思っている。

ところで、そのクリントさんから電話があった。最近は同い年の奥さんの具合が悪くて、ジムはやめてしまった。時々、電話があると、いつも元気そうだったがどうやら、なんか調子が悪そうだ。

私の留守中かかってきた電話では、

「ちょっと相談したいことがある」

といっていたらしい。

こちらから電話すると、あんがい元気な様子だ。どうも心臓の弁がゆるくなってちゃんと閉まらない、最新手術で、自分の胃かなんかの組織を移植する方法があって、これだと拒絶反応もなく、元どおりになれる、というのだが、どうも実際に施術された患者さんの声で、術後のダメージがなかなか抜けないって噂《うわさ》もある。

「南さん、そういう患者さんの話、知りませんか？」という相談なのだった。

「自分は手術をやる気になっていたんだけど、周りが反対意見ばっかりで……」

始めのうちは、私に背中を押してほしいのかな？　と思って聞いていたんだけど、大体がクリントさんのほうが、だんぜん情報持ってるんだし、私の出る幕じゃないでしょう、とか言っていた。

若い人だったら、ネットで患者の声とか調べてるところだろう。それを代行して調べてみるっていうチョイスもあるけど、なんてったって、いま87歳なのだ。手術の成功率のこともあるし、その後のダメージなんかを考えたら、手術しないって選択のほうも、考えてみるってのはどうなんですか？

っていう意味のことを遠回しに言った。手術しない選択については、奥さんの介護だったりとかの条件もあるらしい。

「日常的な不都合って、どんなこと?」

と聞いてみた。いやあ、南さんね、坂をですよ、登ったら息切れしてですね、胸がウッと苦しくなるんですよ。

「なーんだ!!」

と私は大声が出てしまった。そんなのコッチは毎日ですよ。ちょっとくらい苦しいとかフツーですよ。クリントさん、いままであまりにも健康だったんですよ、そんなねえ、年とったら、どっかこっか痛かったり、痒《かゆ》かったりが当たり前!! オレなんか骨そそう症だし狭心症だし、クリントさん骨密度いくつ?

「同年齢の115%、血管年令38歳」

「手術の必要なし!!」

と私は診断を下してしまった。電話の向こうでクリントさんが笑っている。

へんなおじいさん

気のせいかと思うけど、最近世の中は「老人」ブームだと思う。ついこの間まで、老人ばかりがでてくるTVドラマが話題だったし、新聞を開いてみると、いまのうちに墓を買っておけって広告だの、尿もれ予防のパンツだの、懐かしの西部劇のブルーレイだの、新聞読んでるのは老人だけみたいな様子だ。

と書いたが、本当にそうなのかもしれない。週刊誌の読者はたいがい老人らしいし、TVを昼間見てるのも老人だろう。

単行本だって『オレって老人？』とか『おじいさんになったね』とかって、老人向けの本ばかり出してる著者もいるし（あ、すいません私でした。宣伝しちゃってすいません）。

まア、老人向けの広告だの記事だのに目がいくようになったのは、私が老人になったからで、そんなことはほんとうはよくわかっているのである。

と思っていたのだが、そうでもなかったのが先週判明した。ある雑誌に、まア、ハシにもボーにもかからないような私の日常エッセーを書いているのだが、これを外から見た目線で書いてみようと思って、コンビニでアルバイトをしてるベトナム人の女の子の目から見た私の行状を、書いてみたわけなのだ。

私がコンビニで、ティッシュボックスを買いにくるところを、ベトナム人の女の子が、ふしぎに思うという描写なのだが、その文の中で私は「へんなおじさん」というカンジで、おじさん、おじさんとおじさんが多出するのだ。

おじさんは隔週の日曜日にお店に現れて、必ずティッシュボックスを6個いっぺんに買う。6個いっぺんに買っても割引にならないのに、必ず6個。という具合。編集部に原稿（手書き）をＦＡＸで送ってしばらくすると、編集部から電話がかかってきた。

うちの事ム所は、ツマが秘書をやっているスタイルで（八百屋方式とも床屋方式とも呼んでいる）、電話にツマが出ている。

「あー、そうですか、それはどうも失礼いたしました。どうもうちのおじいさんが、さっき自分でFAXしてましたけど、おそらく原稿を表にして送るべきところを、裏にして送っちゃったんだと思います。スグ、送りなおしますから」

と言って、送りなおしている。どうも私がウラオモテをまちがえたらしい。FAXは原稿をウラにして送る方式と、オモテが見えるようにセットする方式と両方あるので、困ったものだ。

自宅にあるFAXはウラにする方式で事ム所のはオモテにするようになっているのでさらに不都合である。

白紙を相手方に送るようになっていても、まるきり融通をきかすということがないのは、所詮機械だからだが、いくら機械だからといって、ちょっと機転を利かすがいいじゃないか、と私は思う。

しばらくすると、また電話がかかってきて、どうやらちゃんと届いたということらしい。そりゃあオモテで送る方式でオモテにしておけば、ちゃんと届いて当然である。

「はい、ありがとうございます。あ、先刻、原稿送る時、何気なく読んでたんですけどね」

とツマが、用事はおわってるのに、編集者の方と電話で話している。

「あの原稿、ヘンじゃありませんか？　おじさん、おじさんて何度も出てくるから誰のことかと思って読んでたら、うちのおじいさんのことなんでしょう？　あのウラオモテがハッキリしていない。アハハ、おじさんじゃないわよね、おじいさんでしょ」

といっているのだ。たしかに私は、現在70歳であるから、おじいさんである。まア、でも「へんなおじさん」だから、志村けんだって踊りにできるのであって、

「へんなおじいさん」では間のびする。

ツマが先に、自宅に帰った。自宅にはネコがいるのでネコと遊ばないといけないのでツマは少し早目に帰ることになっているのだ。

すると、さっきの編集部から電話があった。リーンリーンリーン

「あ、南さん、先ほどはどうもすみません。あの先ほど奥さまがおっしゃってたことなんですけど、あのおじいさんにお直ししときましょうか？」

いいえ、あのままで結構！と私は言った。

骨密度騒動

さて何回前に、自分が「骨粗鬆症《こつそしょうしょう》」だとカミングアウトしたんだったか、もう、すっかり忘れてしまったけれども、骨粗鬆症が発覚したのは、あれはたしか新年会で、座敷で尻もちをついたのが原因だったから、まァおおよそ一年前のことだ。

ギックリ腰の最中だったのにも拘《かかわ》らず、武道家のパフォーマンスの実験台になったのだった。

武道家でない私自身だって、畳の上で尻もちをついたくらいで、骨折するなどとは思っていなかったけれども、お医者様がそう言われるのだから、そうだろう

と思って、漢方の主治医・丁《てい》先生にそう言うと、

「それはおかしいな」

畳の上で、どんな尻もちをつこうが、骨折するようには人間の体はできてないゾというのだった。

丁先生のほうは、柔道を若いころにやっていたから、こないだ自動車にはねられたが受け身をとって、カスリ傷も負わなかった。と自慢したりする人なのだ。自動車にはねられて、受け身をとるなんて、聞いたこともない。丁先生は姿三四郎ですか？　と私が言うと、

「いや、私は姿三四郎ではない！」

と断言されていた。もちろん姿三四郎ではないと私も思うが、フツーの人間でもないと思う。

ともかく、そんなことで、骨密度の検査をしてもらうと、ゲゲッ。私は
「若い人と比べて49％！」

しょうしょう
こつがこつそしょう
しょうト
やれ〳〵
にゃあ

という結果があらわになったのだった。すごい！　49％といったら……

「半分以下！」

ではないか?!　半分でもすごいのに、半分以下である。「あなたの骨密度は、若年者の平均値に比べてかなり少ないようです」と書いてある。

家へ帰ってきて、たしか2～3年前に骨密度を測った結果があるはずだ、と捜してみると、同じように空色と黄色と桃色のグラフが出てきて、そこには、YAM57％　AGE71％　と書いてあって、既に骨粗鬆症の領域に入っていたのだった。チェックがついている欄には、

「あなたの骨密度は、若年者の平均値に比べてかなり少ないようです」

と、あるではないか。骨粗鬆症の領域だとしている。

全然関係ないが、骨粗鬆症という四文字熟語を私はいま書き取りの勉強みたいに五回も繰り返してしまったので、この分だとソラで書けるようになるかもしれない。

昔、美人女優の夏目雅子さんは、後に夫になられた伊集院静さんが、薔薇《ばら》という字をスラスラ書かれたのを見て、ぐっとこられたという有名な話があるけれども「骨粗鬆症」とソラで書ける私に、ぐっとくる美女はあらわれるだろうか？

骨粗鬆症、骨粗鬆症だよ、見たまえ君、骨粗鬆症なんだよ私は。

話が横道にそれたけれども、つまり、私は、ずっと前から骨粗鬆症の領域に入っていたのだった。領域とか言わずに、ズバリと「骨粗鬆症です」と、言ってもらいたかった。

平成二十五年、すなわち２０１３年に既に領域に入っていた私は、それでもまだ、ＹＡＭ57％、ＡＧＥ71％（ＡＧＥは同年代の人と比べた数値）だったのだが、四年のうちに、さらにスカスカになっていたというわけだ。

全然、自慢にならない。そんなことであわてて、以後、無塩煮干しを食べ、牛乳を飲み、かかと落とし体操をし、短パンになって日光浴をした。

先生に注射を打ってもらい、毎朝錠剤もかかさず飲んだ。それで、みなさん！

私は、こないだ、また骨密度を計測してもらったんですよ！
今回の計測結果。
大腿骨《だいたいこつ》　YAM72％　AGE81％
腰椎《ようつい》　YAM84％　AGE91％
「やった！　91％ったら、もうほぼ100％じゃん！」と思ったんですが、骨密度判定は、赤字で要指導、コメント欄には、「今回の検査で、あなたの骨密度は、若い成人の平均値と比較した場合、低下が目立ちます。また、同年代の人に比べて同じくらいの値といえます」
って、なんだか、よろこんでいいのか、わるいのかわからない、かたづかない気分です。

たった1分で足の冷えが

「足が冷えるなア」

と思って、ビックリした。ちょっと前まで、足が冷えるのはアタリマエだったのを思い出したからだ。

こんなふうに机に向かって仕事をするのが仕事なので、足が冷えるのである。

「冷える冷える」

と思っていると、思ってる以上に足が冷えてくるのだった。そのうちスネのあたりが痛いような気がするので

「足が痛いような気がする」

と思うと、気がするんじゃなくて、痛いんだ、すごく痛いな、とわかるのだった。足が冷えてるのもイヤだが、足が冷えて痛いと思うのはもっとイヤだ。思うだけでなく本当に痛いからメーワクだ。

どっかの温泉の、みやげ物売り場で、足型の上に、たくさんボッチのついた、足裏マッサージボード、みたいなのを買ってきて、時々そこへ乗って足踏みをしたりしていた。

木の棒を削って、葉巻みたいにしたもので、足裏をぐりぐりするっていうのを買ってきたこともある。これをポケットに入れておいて、冷えたな、と思ったら出してきてぐりぐりする。

足踏みボードも、ぐりぐり葉巻棒も、やると少しは効果があるのだ。

「こりゃいいや」

と思うのである。ところが、机の周りが、いそがしくて散らかりだすと、足踏みボードと葉巻棒は、どこかにまぎれてしまう。この、本とか雑誌とか、スケッチブックとかが、つみ重なった、どこかに隠れているのにちがいないんだけど、今、その散らかったものを、かたづけて、とりのぞいたところにある、足踏みボードを見つけよう、という意欲はふつう湧いてこない。

冷静に考えてみれば、ああ、足が冷えてきたな、あ、ちょっと痛い気もする、いや、ほんとに痛くなっちゃったとか、思ってる暇に、せっせとそこらをかたづけてしまったりすれば、足の冷えなんか、すぐ治ってしまうのだ。

足は冷えてるくせに、頭はカッカと熱くなってるのに違いない。

「だいたい、なんだってこんなに、足の踏み場もないみたいに散らかっちゃうんだろうね。どういうつもりで、こんなに散らかしちゃうのか？　おかげで足踏みボードができないじゃないか」

と、自らを叱咤《しった》するのも、足の冷え、に関していうと逆効果だ。さらに冷えてしまいかねない。

「ちょっと立ち上がってみようか」

と、よくツマがいっていた。そんな時、

「なんで?」

と、私は思っていたのである。

思っているだけでなくその時そう口に出して聞いてみればよかったのだ。

と今では、そう思うのである。

というのも、ちょっと立ってみると、実は、ちょっと足の冷えは改善するのだ。

足踏みボードは必ずしも必要じゃない。単に立ち上がって、その場で足踏みするだけで、ちょっとスネのへんが、あったかくなるのだ。

そこで爪先立ち、かかとを下ろし、また爪先立ち、をちょっと繰り返すと、さらに具合がいいではないか。ピョコピョコピョコと連続すると、さらにさらに具合がいいのである。

最近はだから、ちょっと足が冷えたかな? と思うとスグ立ち上がるようにしている。立ち上がってピョコピョコするだけで足の冷えが改善するのだ。

「足が冷えてきたな、このままにしていると、足が冷えて、スネが痛くなってくるぞ」

とか状況分析を、じっくり試みているより、即、立ち上がればいいのだった。

そうしなかったのは、

「机に向かって腰かけている状態が常態であるような仕事を、私はしている」

と思っていたからなのだった。

「なんか、ずっと座ってるうちに、足が冷えてきたけれども、なにしろ私は、こうして座っているのが仕事なのだ」

と、思っていたのが敗因だったのだ。座っていたら、足が冷えた。なら、立ってみればよかったのだった。

立ってみれば、爪先立ち運動、とかもちょっとしてみるようになるのだった。

どうして、こんな、かんたんなことに気がつかなかったのだろう?

正しく足の爪を切る

朝、起きると体重計に乗る。特段体重を気にしているわけではないけれども、習慣になっている。

もう、どのくらい前からなのか、毎朝していることであやふやであるけれども、体重計に乗るときに、左足の親指がチクと痛い気がする。

そのチクに意識が向いている間、そういえば、ちょっとしびれるような気もする。これもずいぶん前から思っていた気がする。が「気のせいだろう」と思ってほうっておいた。

ほうっておく、というより、体重を測って帳面につけるころには、もう気にならなくなって、そのままわすれてしまうということだったと思う。

夜、風呂に入って足を伸ばす。伸ばしたついでに両足を湯舟のへりに上げて、足先を見ていると、足の親指の爪のわきが汚れているようで、こすってみるが落ちない。

汚れているわけではないようだが、気になって、たいがい湯舟に入ると、爪をこすっている。そのときも、なにか、チクと痛い気がする。

仕事でパソコンをいじっている時に、ふと「足の親指」と入れて検索してみた。

人間に「足の親指……」と、それだけ言って黙っていれば

「足の親指がどうした？」

と必ず訊《き》かれるところだろうが、パソコンは対応が違う。

足の親指　の付け根が痛い

足の親指　しびれる

足の親指　の爪が痛い

足の親指　腫れ

……という具合に、速やかにズラリと項目を出してくる。

これを熟読していれば、いくらでも時間が経過すると思ったので、すぐやめてざっと斜めに見たところで、これはつまり巻き爪というものだろうと私は判断した。

巻き爪というのは、爪のヘリが、肉に食い込むように、巻き込まれてしまう。というか爪のほうが肉を巻き込もうとするのか、両者の言い分は聞いてみなけりゃ分からないけれども、最近、私はまた腹囲が増加傾向にあってちょっと、屈《かが》み込む姿勢は億劫《おっくう》だ。

どっちにしても、そういう状態になれば、爪で肉を突《つ》ついているような、肉を爪に押しつけているようなものだから、ちょっと痛くて当り前だと思うから私は、

「まあまあ」

と言った。肉と爪に落ちつくようにとりなしたワケだ。巻き爪は、病人など、歩かなくなった人に、起こるらしい。

適正に歩いていれば、歩く時の圧力によって、爪の巻き込むスキが与えられないという。

「まア、もう少し歩くことにするか」

と私は言った。自分に言い聞かせたのである。そういえば近頃、万歩計は、またどこかに旅に出たまま、帰ってこない。

「深爪をするのも」

巻き爪になる原因である。というのを、今回、初めて知った。以前からツマには、あんまり深爪にしちゃダメだよ、と何度も言われていた気もするが

「ああ」

と、その度に、無意識になっていたのである。無意識になっている時に聞いた意見というのは、なかなか記憶に残らないものだ。

が、ふいに思い出すのも、無意識に聞いていたことなのだ。深爪をすると、巻き爪になり、指がチクと痛いのなら、爪を切らずにいればいいじゃないか⁉と、私は名案を思いついたのだった。

私はどういうわけか、手の爪の伸びるのが早い。伸びたなと思うと、日曜の日向《ひなた》でパチンパチンと切ることになるが、このときついでに足の爪を切るのが深爪の原因だろう。足の爪の伸びは遅い。

切るとなれば、切ったあとの爪の形を自然に整えるのが当り前と、七十歳になるまで、そう思い込んできたが、これが違うそうだ。

爪は指の先よりも、少し前まで伸ばして、指の形なりに丸くせず、七輪《しちりん》の団扇《うちわ》のように、スクエアにカットするのが正しい。とりあえず、そうできるまで、伸ばす必要がある。一ト月はかかりそうだが私は少し楽しみである。「正しく足の爪を切る」。七十年の生涯にして初めて。

老人として思うこと

一ト月たったら、巻き爪の「解決篇《へん》」が書けると思ったけれども、まだもうちょっとかかりそうだ。爪があんまり伸びないのである。

「なんだそうか、深爪じゃなくすりゃ、いいんだあ」

と思ったが、なかなか深爪状態から、脱出しない。根気よく待つしかない。

以前、友人の糸井重里さんと話していて、拷問に関する話題になったことがある。「何が怖いか？」って話だったと思うが糸井さんが突然、

「拷問！」

と言うので笑った。ふつうに暮らしてて拷問にはあんましあわないだろ、と

思ったからだったが、まア、ともかく、どういう拷問が「や」か具体的に論じることになった。

「爪の間に爪ようじ刺されるの、生爪はがされる方がもっとやかな」

といったとたん、糸井さんが意外な発言をした。オレ、自発的に生爪はがしちゃったことあるよ、釣りしてた時ボートから船着場に跳んだとたん、足の爪引っかけてクルマのボンネット開けたみたいになった。

「え？」

「一枚まるまるパカッて」

その場の一同、うへ～～ってなったのだが、そのあとがさらに意外だ。

「爪がまるまる一枚はがれた後、どうやって元どおりになると思う？」

そりゃあ、やっぱりいつもと同じように、下から少しずつ、一ミリずつコツコツ伸びてくしかないだろ。とみんな言うけどそうではない。

爪のなくなった皮膚の部分が、ふつうの皮膚みたいに少しずつ硬くなって、角質化してくる。そうこうするうちに、いつのまにかそれが爪になってるんだよ。

「へ〜〜〜〜〜〜〜〜〜〜〜〜〜」

と一同おどろいた。

なかなか、爪が生えないからいったん生爪はがしてみようか、くらいな気持だが、もちろんそんな痛そうなことしない。

今回は、実は違う話をするつもりだった。爪のことが気になって以来、湯船につかって、両足をヘリに上げて、以前よりじっくり足を見るようになった。

風呂から上がって、保湿クリームを塗ってみると、以前はカサカサ、ガサガサしていた足が、みょうに若々しい。

それから、湯上がりには必ず、足に保湿クリームを塗るようにしてたら、毎朝、体重計に乗って足元を見た時に、

「いい気分」だ。

この体重計には、いろんな機能があって、体脂肪や内臓脂肪、筋肉量の表示な

どが出るだけでなく、体内年令というのが出るのだが、それが「45歳」とかって、まるでよいしょしてるみたいな表示である。

それで私は手もなく「いい気分」になっていたのだったが、そこにさらに、見た目20代くらいな足が乗ってるので私はさらに「いい気分」なのだった。

よしよし、と思ってメガネをわざわざもってきて、もっとくわしく「いい気分」になろうとしたのだったが、これは失敗だった。くわしく見ると、やっぱりさすがに20代には見えない。

こういうことをしていると、女の人がやれ顔にシミができたの、シワが寄ったのといってる気持がわかる気がしてきた。

人間は年相応に変わっていって当然なのだ。アンチエイジングなんて不自然なことには「反対だ」と思っていたのだが、いまはスッカリ心を入れかえてしまった。

これはおそらく、私が70歳になって、自分に老人としての自覚が出てきたということだと思う。老人というのは、肉体が老化していくのをいやがるのだ。皮フが乾燥してカサカサになってる状態は、肉体が老化していることだから、老人は嫌いである。

鏡を見て、顔にツヤがあって、元気そうに見えるのが、老人は好きだ。体重計に乗った足がカサカサしていて、粉がまぶしてあるようなのを、老人は嫌いだ。カサカサで粉をまぶしたような自分、とかしわしわでシミだらけ、みたいな自分とかも嫌い。

私は、老人としての自覚がほんとうに身についたと思う。地に足がついた老人になったと思う。足に保湿クリームは必要不可欠。と老人として思う。

ハナをかむということ

ハナがつまって、うっとうしいので、ハナがつまるとは何か？　について考えてみた。ハナをかんでもかんでも、あとからあとから出てくるのは、いったいどういう了見なのだろう。

ハナをつまらせているのは自分自身だが、自分のどこらへんに言いきかしたらハナのつまるのをよすのかわからない。

しかたないから、ハナをかむ。かんでもかんでも、まだ出てくるのだ。

ハナがつまるというのは、ちょうど電車がトンネルの中で一時停止しているように思っていたが、どうも違うらしい。「ハナがつまる」というのは、漢字で書くと「洟《はな》が詰まっている」のだと思っていたがまちがいらしい。ハナがつまるのは、鼻腔《びくう》の壁が膨満してトンネルの穴自体が狭まる、あるいはほとんど壁がくっついてしまうために、息が詰まるのであって、洟が奥のほうまで、充填《じゅうてん》されているということではないらしい。

つまり「ハナがつまる」というのは、そういう気がするという表現だったのだ。しかし、ハナをかめば、洟が出てくるではないか、あの洟はどこにいるのだ？と思うかもしれないが、それは判《わか》っていて、副鼻腔というところにいる。

人間の頭部には、その重量を軽くするために空洞がつくられていて、それぞれ前頭洞《ぜんとうどう》、上顎洞《じょうがくどう》、蝶形骨洞《ちょうけいこつどう》、篩骨洞《しこつどう》と名づけられている。この空洞のあることによって、人間の声が必要の音量なり、必要の音色なりをつくっているのだが、この副鼻腔という空洞に炎症がおこると、この炎症を鎮めようというので、そこに、はなみずとかはなじるとか呼ばれる液が出てくるのだった。

出てきたら、かまなければいけない。ところでハナをかむ、というが「かむ」

とはなんだろう?

こんなことを、辞書で調べたことはなかったが、あえて引いてみた(広辞苑)。するとかむには漢字まであるのだった。

か・む【擤む】《他五》 鼻汁を息で出してふきとる。

とある。言われなくても判る。そして
はな【洟】鼻腔から出る液。はなみず。—も引っ掛けない 相手を完全に無視する。全く相手にしない。

と出てきた。「ハナもひっかけない」は、いままでの人生で何度も聞いたし、その意味は文脈的に理解していたが、相手を完全に無視していない場合、「洟をひっかける」などのことをするらしい。ということがあらたに判った。

昔、ティッシュペーパーのない頃、紙が貴重品であったために手洟《てばな》といって、片っぽの鼻の穴を指でふさいでおいて、思いっきり鼻息を噴出させるなどのようなことをしたのだった。おそらくその頃の話なのだろう。

ところでハナ紙を使うのは、そうして噴出したものを、衛生上の見地からとりあえず紙にうけとめておくためだが、なぜ？　片方の鼻の穴をおさえておいて、片方の鼻のトンネルから強く鼻息を吹き出すと、結果的に「洟を擤む」ことになるのであろうか？

これには、ベルヌーイの定理というものが関係しているのである。と私の知り合いの物知りが言ったのだった。

私は見栄をはって、あー、ベルヌーイね聞いたことあるワ、といったので、それ以上のことを聞けなくなったのだが、つまり、つづめて言えば、ジェット気流のような鼻息が鼻腔を通過することによって、副鼻腔に滞留していた鼻汁が、それに引っぱられるかたちで出てくる、ということであろう。

だからまあ、本人的には鼻息を強力に出しているのだけれどもそれは結果として、耳鼻科に行って、機械で吸引してもらってるのと同じことをしている、ということなのだった。

ハナのトンネルに渋滞してる洟を、奥から鼻息で押し出しているのではなく、鼻息の気流に引っぱられて、副鼻腔の洟が出てくるということなのだった。

ところで、ベルヌーイの定理とは、

「非粘性流体（完全流体）のいくつかの特別な場合においてベルヌーイの式と呼ばれる運動方程式の第一積分が存在することをのべた定理である」

と、ネットで説明されていたのだが、これを説明といえるのだろうか？

私のハナはまだちょっとつまっている。

めまいは、びっくりする

朝、目覚めると、なんだか頭の中身が回転してる。直前に右に左に激しく寝返りを打っていた気がする。

「ようするにめまいだ」

と判断したけれども、めまいというのはびっくりするものなのである。めまいだとわかっていてもびっくりするので、

「驚天動地」

なんていう四字熟語を想起したりする。

が、これは後で辞書で調べてみると、まちがった用法だった。

驚天動地の意味は「天を驚かし地を動かす」「世間をひどく驚かす」というので、自分の頭がびっくりして、驚いたりした時につかうコトバではない。

私は、六十代になったばかりのころに、やはりめまいがおきて、その時も朝、目が覚めたタイミングであって、「グレゴール・ザムザが虫になったような気分だ」と思ったらしい。

昔、めまいについて書いたことがあったなと思って、自分の本をひっくり返してみたら、その文が出てきたのだ。このときもやはりびっくりしていたわけで、私はめまいをおこすたびにびっくりしている。

本にあたったおかげで、いろいろ思い出した。

めまいがおきたら、最初に診てもらうのは耳鼻科である。九年前は、血流をよくする薬を投与されて、その後、めまいはすっかりおさまった。

その時の見立ては「老化」というので、いま私は七十代になったのだから、また診てもらえば「さらに老化」ということになろう。今度は朝方、二回きただけで後はおとなしくなったので、結局、耳鼻科には行かずじまいだった。

私は、病気についてネット検索をすると「おもしろい」ので、ついついしてしまう。けれどもたいがい心配してかえって「不安」のタネをこしらえることになるのを知っている。

分かっているのだが、自分の体のことというのはどうしたって、心配な分、おもしろいので、今回もやはり検索してしまった。

想像通り、めまいには色んな原因があって、心配をしだすと「ああも」「こうも」「こんなことも」心配をしないといけないのだった。

ほんとうに心配だったら、医者に診てもらうのがいいのだし、自分で本当のところを知りたいならば、はじめから正しい知識をすっかり「学習」すればいいのだが、ふつうそうしない。

しかし、そうしないで、

「まあ、だいじょうぶだろう」

とタカをくくるのは
「よくありません」と、たいがいTVの健康番組なんかでは言うのである。
素人判断で見過ごしていると
「大変なことになります」
というのを、再現ビデオでえんえんと見せるというのがテレビのやり方である。ネットの情報というのも、たいがい同じであって「不安」をひきおこすように書かれている。
これは、人間は「おどし」に弱いからで、「おどし」にあうと、人間はその情報を「重要」だと思ってしまう。つまりTVで言えば視聴率がとれるのだし、ネットも、くわしく読まれて好都合である。
もちろん、最後までちゃんと読んで、正しく理解すれば問題ないけれども、これによって「不安」感を持ってしまいがちなのは、受信者側に心得が足りないのだ。おどかせば人は熱心にTVを見たりネットの文を読んだりしてしまうので、発信側はどうしても、悲観的情報を、先に先に出す傾向がある。というのを受信者側は知っているべきだ。

人間だの受信者側だの、他人事のように書いたが、これは自分のことである。「こわいめまい」と「安心していいめまい」があるとしたら、あんまり「こわいめまい」のことばっかり言わないで、「安心していいめまい」のことも「くわしく」書いて下さい。と人間や受信者側は思う。

「こわいめまい」のことを書いたらすぐ「とはいっても、これこれこうなら『こわいめまい』じゃないです」っていうのを、書いておいてほしいわけである。

そんなわけで、私におきた**めまい**は、そんなにこわくなかったことにしてあるが、ほんとのところはわからない。

髪の毛の構造の比喩に関する一考察

先月は、めまいでビックリしたので、「とんでもなくコワイ病気がひそんでいるかもしれない」と思っておさわがせしてしまいました。すいません。

あれから、しかるべき検査などをしたわけじゃないんですが、その後、全然、めまいが起きないんで、本人的にはまったく心配じゃなくなってしまいました。

したがって今月は、自慢できるほどの「不都合」は起きていないので、いわゆる「ひまネタ」のようなことを書きつらねることになりました。

いままで、たいがい〆切が近づく頃にあわせたように、どこかが痛くなったり、妙な徴候があらわれたりするので、そのことを書いていればよかったんですが、もちろん連載的には好都合であっても、本人的には、そんなことはないにこしたことはないです。

で、今回は「ひまネタ」ですから、のんびりはじめればよさそうなものを根が律儀なので、はやく本題に入らなきゃ、はやくネタを披露しなきゃ、と思ってしまうのは、自分でいうのも何ですが、私はまじめですね。

だからまあ、ズバッと言いますけれども私は最近、今まで自分が「大きなまちがい」をおかしていた！　というか「全然知らなかった！」というようなことに、気付かされてしまったんです。

「伸ちゃんさァ、白髪って空洞じゃないってよ」

と、美容院から帰ってきたツマがイキナリ、その大きなまちがいを指摘したのだった。私は常々白髪空洞説を吹聴していたのである。

髪の毛は、透明なストローのような構造で、白髪でない毛ではその中に色素がつまっている。その色素によって金髪だったり黒髪だったり、茶髪だったりの、それぞれの髪になるのだ。

で、私は白髪がちの坊主頭なのだが、だんだんに白髪がふえてきた経験知で、白髪はどうも、黒い毛より「ピンと立つ」ということがあった。

そして、これを説明するために、そもそもストローのように中空の構造のほうが、中味がつまったものより構造的に強いのである。それがために、白髪はピンと立つのである！　と主張していた。

美容師さんが教えてくれた、髪の毛の構造は

「ストローじゃなくのり巻《まき》」だったとツマは驚くべき事実を語った。

ていうか、美容師さんは、

「まず、のり巻をイメージして下さい」

といってのり巻の絵をメモ用紙に書いたそうだ。

「のり巻の、のりにあたるところ、これが、キューティクルです」

キューティクルについては、シャンプーのＣＭなどで、当然のようにキュー

ティクルが、キューティクルが言うので、私でも知っている。

知っているといったが、これがそもそも何色だったのか、考えたこともなかった。私のストロー理論でいったら、キューティクルも透明でなくちゃいけない。更に、なんかウロコ状に重なりあっているらしいから、やはり美容師さんがいうように、のりっていうのはカンジ出てる気がしないでもない。

ごはんつぶにあたるところが皮質（コルテックス）というものだそうで、その中に色素であるメラニンが混ざっている、と考えてくださいということらしい。そうして、中心のかんぴょうが髄質（メデュラ）というものなのだった。

白髪になる、というのはこののり巻のなかの、ごはんに混ざってる色素（メラニン）が、なくなるからで、単なるごはんになれば白くなるというのは納得できる。しかし、のりはたいがい黒いのであって、これをキューティクルに喩《たと》えてるのは、いささか誤解を生じさせる危険がありはしないか？　キューティクルは透明か半透明でなくてはいけない。

美容師さんには、お言葉を返すようで大変申し訳ないが、生春巻、に変更していただきたい。と私は思います。

皮質（コルテックス）については春雨をイメージしていただきたい。ここにまあ、メラニンにあたる、しょうゆとか、ニョクマム、あるいはゴマペーストなどを入れる。これがつまり、誤解の恐れなき、毛髪の構造模型というべきものではないか？　と思うのである。

ルバーブはおいしい

「中村くんがルバーブのジャム作るっていってたよ」とツマがいった。

中村さんは、私と同い年のジム仲間。色んなことに興味を持つ行動派だ。エベレストにも登ったし、山伏の体験もした。いまは世界一周を計画中で、ジャムも作る。

何故《なにゆえ》、くん付けなのかというと、昔、新婚の中村さんに呼びかける歌があったからだ。いくら新婚ホヤホヤだとはいえ、たまにゃつきあえ、と飲み会に同僚が無理強いする。「いいじゃないか中村君」！

というので、「中村くん」である。

「へぇー、ルバーブのジャムか。なんかうまそうなんだよな。昔、林望さんのエッセーで読んだことがある。赤い茎を砂糖で煮るんだよな、甘酸っぱくて旨《うま》いって、食ってみたいなアって、読んだとき思ったな……」

「ふ〜ん」

とツマがきいてたと思ったら、その日の夕方にルバーブを買ってきた。赤紫の、ホウレン草の根っこのとこみたいな色をしている。30㎝くらいの棒状のものが7〜8本入ってる袋入りのヤツだ。

昔、ルバーブのエッセーを読んだ時には、そんなものは日本にはなかったので、余計に食べてみたかった。

包丁で1㎝〜1・5㎝刻みに切って、グラニュー糖をかけたものを鍋に入れて一時間ばかり放置する。

「じゃ西郷《せご》どんでも見るか」

といって、ツマは鍋を放置した。西郷どんを見終わると、火にかけて弱火〜中火でこげつかないようにまぜつづける。

まぜながら

「ちょっと何これー、全然やらかくなんねえでやんの」と言っていたと思ったら。真剣な顔になって、集中してまぜている。15分くらいたったところで、

「うわっ！　急にやらかくなった」

といって、もう完成らしい、レモン汁を入れてかきまぜて火を止めた。

20～30分くらいで完成である。うちでは夜、プレーンヨーグルトに、メープルシロップだの、レモンのはちみつ漬けとかをちょっと入れて食べることになってるんだけど、今日はできたてのルバーブのジャムを、のせてるみたいだ。

食べると、なるほど甘酸っぱくておいしい。イケルね、うんまいね、とか言いながら、ルバーブってさあ、と私は言った。おいしいから調子にのって沢山《たくさん》とると、あとで下痢するらしいよ。

「沢山、ってのがどのくらいなのか、それはわかんないんだけどさ」

辞書でルバーブを引いてみると、ちゃんと載ってる（広辞苑）。

【rhubarb】　タデ科の多年草。シベリア南部原産。スイバ・ギシギシなどに似て大きな株となり、紅色の葉柄は長さ三〇《センチメートル》内外。蓚酸《しゅうさん》の酸味があり食用にする。欧米で広く栽培。食用大黄《だいおう》。ラバル。

「大黄？」

大黄っていえば、漢方では下剤にするってことだから、まア、適量をとれば、下剤になるわけだ。

ジャムとしての適量と、下剤としての適量っていうのが、どのくらいなのかわからないまま食べ終わってしまった。

次の日の朝、起きていくとツマが

「しんちゃん、ルバーブ、効いた？」

という。え？　というと、どうも自分は効いてしまった気がするという。

ほとんど便秘しない方なので、かなり少量でも効いてしまった模様だ。私は、全然大丈夫だ。と思っていたが、なんだかいつもより、便通がスムーズになった気はした。

その日のヨーグルトも、ルバーブを、と思ったが、ツマは効いちゃうから、といってレモンにしていた。

その翌日、私もすこぶる便通がスムーズだ。スムーズはいいんだけど、あまりにスムーズなのも、困りものである。

中村くんに「ルバーブは効きますね」というと、フシギそうにしてるので、しかじか「ルバーブの効用」について、演説したが、どうも中村さんはピンときていないらしい。

「トーストにつけて、毎朝食べてますよ、ぜんぜんへーキです」とのことだった。それから、中村さんに会うと、「どうですか効いてますか？　ルバーブ」とからかわれる。ルバーブはかなり個人差のあるジャムらしい。

私の決意と極意と便意と

「うんこファースト」という言葉を、ご存じの方はほとんどいないと思う。私が発明して、いま家庭で使っている。

ので、ツマもまた使うわけだが、これを対外的に明らかにしたのは、今回がはじめてだからだ。

しかし、こまかい説明は無用だろう。言ってる意味は大概わかる。あんまり「わかりすぎ」ても、あるいは問題かもしれないので、もう少し迂遠《うえん》に、「便意第二」とか「大最優先」と言い替えてもいい。

ここのところ、私はスコブル体調がいい。快食、快便、快眠の三冠王である。

食事は規則的に、毎日同じ時間にとる。

仕事は終わっても終わらなくても定時にやめて、ただちに帰宅する。私が帰宅時間を守りさえすれば、食事はツマが、定時に作っていて出してくれる。

仕事で時間が不規則にならなければ、眠る時間も、毎晩同じくらいになる。同じ時間に就寝し、同じ時間に起床するようになると、快眠が得られやすくなる。というか同じ頃に眠くなるし、同じ頃に目が覚めてしまう。

そして、最も、これが体調をよくしてくれていると思うのが快便であって、このところ、連続一か月とぎれることなく一日一回（以上）の便通が続いている。

もっとも、一日一回必ずでなくとも三日に一ぺん出れば「正常範囲」だということだけれども、快調の実感としてあるのは、必ず一日一回、という事実で、これがさらに「快調」を感じさせているという「実感」がある。

たいがい体調が崩れるのは、毎日のリズムが乱れた時だ。仕事の都合で、どこかへ出かけたり、外食したり、大酒するとリズムがくるってきて、少しずつ不都合が生じてくる。というのが七十年人間やってきて判明した。

そうして、それらのことの一番のカナメが「便通だ！」というのが私の結論なのだ。それを一言にすると「うんこファースト」となる。

たとえば、便意が「きたかな？」と思った時に、今、ちょうど新聞を取りにいこうと思ってたんだっけ、というので、朝刊を取りにいってしまうと、大の奴《やつ》は「じゃ、アッシはちょいと……」と遠慮して、どっかにかたづいてしまう。どこかに腰かけたりして、落ち着いてるんだと思う。

朝刊とってきて、さてと、って時にはもうスッカリ、気配が消えてるのだ。

仕事場に行って、仕事をしだしちゃったりすれば、そのまま「今日のところはもう……」ってことになるし、もう一度、その体勢になってるところに電話がかかってきたりしてしまう。

会社勤めの方であれば、上司から呼ばれる。会議になる、取引先がやってくる。

とか、まあさまざまに、横ヤリが入ることだろう。

会社勤めじゃなくたって、いろいろ横ヤリは入るのだ。朝ドラも見なくちゃいけないし、ベランダの鉢に水をやんないと、だったり、物干しザオをちゃんと出しとかなくちゃだったりする。

それらのすべてに対して、断固！

「うんこファースト」

と叫ぶことが、健康のモトだ！　と私は激しく主張したい。

最近は「ファースト」だけで通じる。

台所で炊事中のツマが
「ちょっと〜！」

と何か用事が頼みたい様子であっても
「いま、ファースト！」

といえば納得してもらえる。というコンセンサスが、つまりファースト・コンセンサスができている。非常に好都合。

いま、私が目指すのは、この、ファーストを、定時制にしようという目論見《もくろみ》だ。眠る時間や食べる時間が決まっているように、そのファーストも、定時に兆したら定時にさっと済ます。

実現したらなんと！　すばらしいことだろうか？

本来、便意はリラックス状態に催すものらしい。つまり副交感神経優位の状態。そこで我慢したりすれば、すぐさま交感神経が優位になるのは、血圧を計測中に尿意を催したりすると、テキメンに、血圧が上昇することで知れる。

自律神経をコントロールする。これこそ健康の極意！　私は高々と「うんこファースト」を宣言する。

お腹《なか》をへっこますぞー！

イラストに、ずいぶんお腹の出た自画像を描いてしまったが、もちろんこんなに私の腹は出ていない。

しかし、もしこの文を横からツマが見ていたとしたら「何言っちゃってて！　こんなもんじゃないわよ、もっとボーンて、なんかの病気なんじゃないか？　ってくらいに出てる」と言うだろう。

いつも出てるわけじゃなく、気を抜いた時に出るのだろう。

ほんとうのことを言って、私は腹が出てたって、そんなに騒ぐことはあるまいと思っていたのである。

私の敬愛するアルフレッド・ヒッチコック監督だって、腹がドーンと出ていたし、栃錦《とちにしき》とか鏡里《かがみさと》とか、双葉山《ふたばやま》とか吉葉山《よしばやま》とかも、どんどん出ていたし、松登《まつのぼり》や三根山《みつねやま》も、大起《おおだち》や岩風《いわかぜ》、若秩父《わかちちぶ》や房錦《ふさにしき》も、ちゃんと出ていた。

それで、世の中でメタボリックシンドロームだの、略してメタボだの、と言われていても、特に気にもならなかったのだった。

ところが、ここに来て、アルフレッド・ヒッチコック監督の腹は、私の腹の脂肪とは違うかもしれない。ということが判明した。

日本人の腹を出しているのは、内臓脂肪であって、欧米人の腹が出ているのは皮下脂肪なのだそうだ。その上、栃錦や松登の腹は、脂肪ではなく筋肉なので、見た目は同じでも「全然違う！」ということらしい。

そうして、皮下脂肪よりも内臓脂肪のほうがコワイのであって、内臓脂肪は、「悪玉物質」というものを放出するので、動脈硬化、心筋梗塞へと進む。

内臓脂肪は血圧を上げるし、インスリンの効き目を悪くするし、そうこうするうちに糖尿病になる。

内臓脂肪で腸が自由に動けず、便秘を招く、頻尿、逆流性食道炎、腰痛を起こす。大腸がん、食道がん、膵臓《すいぞう》がん、腎臓がん、肝臓がんとかの原因にもなるというのだった。

私は血圧は全然心配ないけれども、胸痛があって、狭心症と診断されたし、夜中に何度もトイレに起きる。

ときどき逆流性食道炎的な「胸やけ」が起きたりもする。どんどん、説得されていって『内臓脂肪を最速で落とす』という本を買ってしまった。

買ってしまったのでその後ちゃんと読んでいないが、一つにはオビの文句がコワイのだった。「本当の恐怖は皮下脂肪ではなく、内臓脂肪だった！」

「がん、生活習慣病、認知症etc.」である。お腹が出てくると、やがて認知症だ。すごいオドシだ。

夜、何度もトイレに立つことになるのは、前立腺が肥大しているからといわれるが、これはつまり前立腺が尿路を圧迫しているという理屈で、それなら、前立腺だけでなく、腹部の内臓脂肪が尿路を圧迫していても同じことだ。

実際、前立腺がワルサをしているケースよりむしろ内臓脂肪が原因であることのほうが多いとも書かれていた。

不思議なもので、がんだ糖尿だ、といっておどかされるよりも、お腹に内臓脂肪がたまってるので、頻尿になるのだといわれるほうが自分的に切実だ。

「すぐに内臓脂肪とりたい！」と思う。

『お腹を引っ込めれば、頻尿が治る』

っていう題の本出したら飛ぶように売れるかもしれない。内臓脂肪は皮下脂肪より落としやすいっていう話なので、すぐにでもやればいいのだが、なかなか実行に移せない。

いつも歩いているより、あと3000歩多く歩け、と書いてあるので、とりあえずそこから始めてみるつもりだ。

朝、必ず体重を測ることにしていて、それは出来ているので、巻き尺で、お腹の周りを測る、っていうのをつけたしてみようと思う。

ツマは、私がこんなにお腹をへっこますことに前向きになっているのを知らない。まだ、ヒッチコックや栃錦の腹を尊敬していると思っているはずだ。

「今にみておれ」と私は思っている。そういえば小学生の頃、私は栃錦を尊敬していたのに、取り口は鳴門海《なるとうみ》のマネをしていた。取り口というよりは仕切りだが、鳴門海はお相撲さんなのに、お腹はまるっきり出ていないソップ型のお相撲さんなのだった。

お腹《なか》計測の工夫

さて、もう読者は「そんなこと忘れたよ」とおっしゃるものと思うけれども、私は、先月の原稿を入れた日から、日々内臓脂肪を除去して、というか排除してお腹の平らな人間になろう！　と努力しているのである。

毎日、その場跳びを20秒、10秒休んで20秒というのを2回ずつやっている。

「そんなことで……」

腹はへっこまないだろう、と思うかもしれないが、とにかくやっている。これは骨密度を上げるのにも効果があるはずなので、効果の上がるのを信じてつづけているのである。

それから、夜は入浴後に「ひねり体操」と私が呼んでいる体操をしている。これは右肘と左膝、左肘と右膝を立ったまま交互にくっつけるというもので、私はこのひねり体操で、過去にめざましく腹をひっこめた実績がある。

が、そのうち、ばかにやせてきたな、と心配になって、検査してみたら、がんの疑いをかけられ、ひねり体操は即座にやめてしまった。

がんなのか体操なのかどっちがお腹のへこみに効いたのか、おかげでうやむやになってしまったのだが、今回もう一度試してみようという気になったのだった。さいわい、酷暑も落ち着いたし、これからは、体操やり放題の季節である。

体重は微減している。72kgあったものが少しずつ減って、今朝は69kgまでになった。たった3kgとはいえ、減らそうとして減ってくると、うれしい。

が、体重減よりも、目指しているのは腹囲のほうなので、これもわざわざ巻尺《まきじゃく》を買ってくるところからはじめた。

が、あの巻尺というものは、いろいろ便利にしてあるのだろうが、裏表でcmとインチの表示があったり、赤になったり黒になったりでややこしい。それに腹囲といって正しくはどの位置で測るべきなのか？　思ってもみなかった疑問が噴出してくるのだった。これは

「へその位置にする」

と、自分で決定することで解決した。

位置は決まったが、今度はいったいどの状態を「腹囲」と言うべきなのか？　という重大な問題が生じたのである。

健康診断などで腹囲を計測する場合、看護師さんはたいがい

「はい、リラックスして息を吐いて……」

と言うのである。たしかにズルをして、腹囲をへこまそうとする場合には、息を吸うとけっこうへこむのだ。

逆にいうと、息の吐き具合で、いわばいかようにも腹囲を上下させることがで

きる。ところが、呼吸を腹式にすると、胸式の場合とは、お腹の大きさの変化が全く逆になる。

腹式なら吸い込んだ時、胸式なら吐き出した時に、腹はふくれるのだ。私が工夫した腹囲の計測法は、だからもっと攻めの姿勢で臨むというものだった。

常識を打ち破った革命的方法といっていい。すなわち、自分の力でできるだけ「いい数値」を出そうとする。腹式であっても胸式であってもいい。とにかく呼吸によって、お腹を最高にへこんだ状態にしたその数値を記録する。

この革命的計測のいいところは、

一．気分がいい

二．努力が報われる

三．希望が見えてくる

ところだろう。この方法をとっても、初めのうちは95とか94とかという数字だったものが、徐々にコツもつかめ、そのうち1㎝くらいずつ減りはじめた。

今朝はついに85㎝という、メタボラインに達したのである。明日は、私の努力によって、境界を突破することが可能だろう。

鏡を見ると、ほとんど変化がない、という言い方もできるけれども、私は、そんな言い方はしない。

なぜなら、現に腹囲はメキメキ減っているのだし、この勢いで推移していけばやがて私は、逆三角形の、あのＮＨＫの「みんなで筋肉体操」の谷本先生のようになってしまう可能性がある。

そうすると、不必要に腹のくびれを世間に見せつけるようになりはしないか？　と心配なくらいである。

まア、私が腹をへこまそうが、へこんだところを誇示しようが「関係ない」とお思いの方が大部分ではあろうが、ともかく、腹をへこませて待てといいたい。

というのが現在の心境である。

忸怩《じくじ》とはハズカシイことなり

実は、進展がない。

腹囲を85㎝以下にもっていって、メタボを脱するのみか、腹のくびれを「自慢して見せびらかそう！」くらいの勢いで、革命的計測をつづけていたのだったが、その後、88だったり87だったり、どうかすると85にもどったり、するものの85をどうしても突破できない。

85なら、メタボのギリギリラインなんだから、いいじゃないの。というご意見もあろうけれど、この85は、私が思いっきりウエストを細くする、故意の努力の結果であって、いわば主催者側発表のデモ動員数みたいなものなので、ここを突破しないことには意味がない。

この「努力する腹囲計測」を思いついた時には、すぐにでもこの85㎝突破がありうるのではないか？　と大いに希望的観測をしていたのだが、想定外に数値が出ず非常に歯痒《はがゆ》い思いをしている。


というか、忸怩たる思いをしている。忸怩というのは忸も怩もはずかしいという字だということだ。それで私はもう一つ、忸怩たる思いの話がある。

以前に「正しく足の爪を切る」という文を書いた。

手指の爪を切るついでに、足の爪も切ったために深爪になり、さらにいわゆる巻き爪になって痛いので、以後正しく爪を切ろう。七十にして正しく爪を切る。ベンセイ、シュクシュク、ヨルツメヲキル、のような文意だったかと思う。

これが、今に至るも、完治しない。忸怩たる思いだ。どうしてかというと、そもそも巻き爪に気がついたのが、足の親指のフチが黒ずんでいるので、いわゆる爪のアカだろう、とこれをほじくり出そうとしていた。ところが、この黒ずみがなかなかとれないので、意地でもとほじくるうちに、爪が割れてしまった。

ここで、巻き爪になっているのにも気付いたので、それなら巻いている余分なところを、切ってしまえばいいじゃないかと、つまり爪の先端ではなく、フチの部分を切りつめてしまったのだ。

これは今となっては「とんでもない」ばかげたことだった。つまり足の指の爪というのは、手の指の爪に比べると、おそろしく伸びが遅いという事実である。なんとなくそんな気はしていたけど、これほど違うとはびっくりだ。

手の指の爪は一日0・1ミリ、1か月で3ミリくらい伸びるらしい。対して足の爪は一日に0・03ミリ、1か月かかって0・9ミリしか伸びない！

私は1㎝くらいにわたってヘリを切ってしまったのであるから、10か月から11か月、ほとんど一年間待たなければ元通りにはならない計算である。

巻き爪の巻いた部分を取り去っても、あとから生えてくる爪は、元々の幅で生えてくるのだから、実にバカげたことをしたものだと、思っとるんですよ。

つまり、このことが解決しないうちは、ほんとの意味で正しく爪を切るということはできない。ということです。

現在は、都市計画の失敗で、道路の幅員が途中から突如拡張してるような具合になっています。そうこうするうちに、痛くなかった方の親指の爪が変色して、よく見ると素人が塗った壁みたいに、デコボコしている。

爪のトラブルは、マニキュアやペディキュアをする女の人に多いらしく、「変色爪」とか「凸凹爪」とか、ネットで検索すると、じゃんじゃん出てくるしついでに「重大な病気のサインだったりも」とかと、オドシもかかってきます。

いろいろ読んでいると、どうもはじめに私が爪のアカと思っていたのは、爪水虫というヤツだったらしい。爪水虫の場合は、爪の上から水虫薬を塗っても届かないので、のみ薬で治すらしい。こんなことは、皮フ科に行ってしまえば、いっぺんに解決することだ、と私も思うんですが、ここに忸怩問題があるわけです。

へ～んな形に爪を切っちゃったお馬鹿《ばか》な患者さん……という立場で、皮フ科に行くのはいかがなものか？
私が時々お世話になってる近所の皮フ科の先生は
「エライのね！　痛い注射をされても、泣かないで」
と言って、トシヨリをからかう女の先生なんですよ。

方法と理論は正しかった！

実は、まだ進展はない。

が、発見があって、自信もついた。ていうか自慢もしたいくらいなのだった。

「一体、何のことを言ってるのだ？」

とお思いの方もおられようけれども、つまり、私の内臓脂肪を除去して、ぽっこりお腹《なか》をへっこます自信がついた。ということを申し上げてます。

「お腹計測の工夫」で、私は画期的な腹囲計測法を編み出したのだった。すなわち、計測の時に「お腹をへっこます」という方法である。

これは一見すると単に「ズル」をしているととられかねないのだが、それは公的な計測時にそうすると思うからなのであって、あくまで「自分用」の計測法であるというところが革命的なのだった。

つまり計測時、「お腹囲《まわ》り」というのはいかようにも伸縮してしまう、ということなのだ。これを一定にするためには、思いっきり出しっぱなしに、できるかぎりお腹を出す方向に努力しておいて計測する、というのと同じ意味である。

ただ、この「出す」方法で計測していたのでは絶望のみが待っている。前途に希望が持てない上に、「出す」習慣がついてしまう恐れもある。

そこで、努力してへこました最大限、最大限の努力の頂点で計測する。という方法なのだった。

私はこの大発見に小躍りしたのだったが、冒頭に申し上げたように、その後、進展がみられていない、有り体《あ てい》にいってお腹はへこんでいないのだった。

つまり85㎝のメタボラインを、いまだ突破できていない。そして、前回は忸怩《じくじ》たる思いで、話題の軸を忸怩の方にずらしていたのだった。

そうして日々を送るうち、私は、ふと「ドローイング」という言葉を耳にした。曰《いわ》く「内臓脂肪」は皮下脂肪に比べて、落としやすい。運動によって皮下脂肪を減らすというのは、難事業であるけれども、内臓脂肪については、比較的たやすく落とすことが可能だというのだ。

そして、そのたやすい方法こそが「ドローイング」だということだった。私は非常に不思議である。美術関係用語で「ドローイング」といったら「線描」とか「デッサン」とか「製図」のことを言うので、そんなことで「お腹はへっこまないぞ」ということだ。

このお腹をへっこます方のドローイングはドローインと表記されることもあって、混在している。おそらくドローイングもドローインも、もとは英語だろうと思うのでググってみた。

果たして、ドローイングはDrawing、ドローインはDraw inとなっていて全く違う言葉なのだった。Draw inとは、「引っこめる」という意味だそうだ。ま

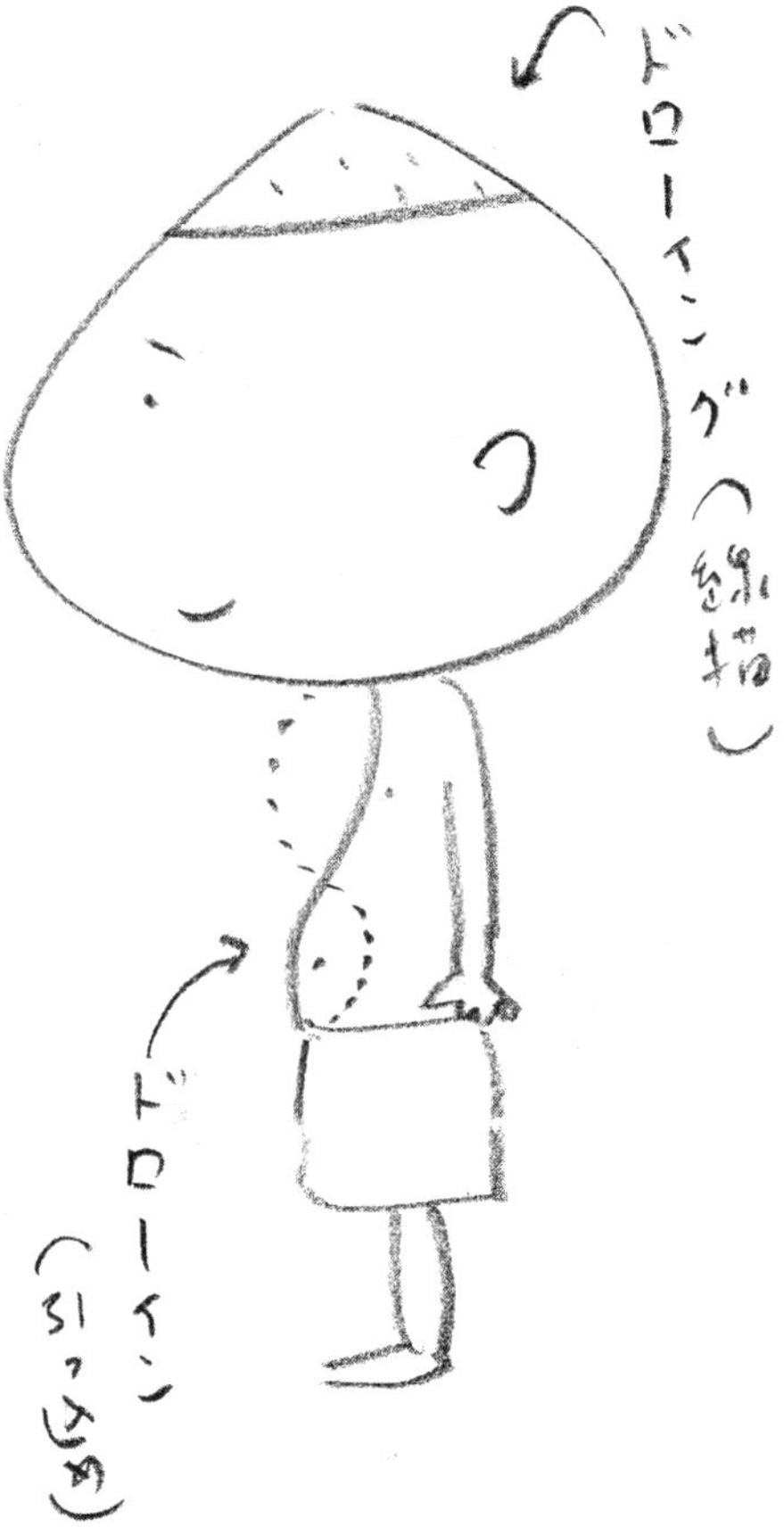
ドローイング（線描）
ドローイン（引っ込め）

んまだ。

そして私は、ここで「オヤ?」と思ったのだった。つまり私はすでに「ドローイン」を行っていたのではないか?!

私の「お腹計測法」はまちがっていなかったのである。私の発明した「お腹計測法」とは、つまり「ドローイン」しつつ計測していたというわけだ。

ドローインとは平たく言うと、お腹をへっこめた状態で呼吸をし、その状態を一定時間キープする方法なのだった。

「お腹計測法」と「ドローイン」の少しだけ違う点は、キープする一定時間が「やや短い」という点だった。

「思いっきり努力してお腹をへっこましておいて、その間にすばやく計測する」の「すばやく」というところに、ちょっと問題があった。

もっと大きく構えて「ゆったり」測る。大様《おおよう》に測る「苦しゅうないぞ、思う存分、心ゆくまで測れ」という、お殿様のような気持が必要なのだった。

ようするに「姿勢を正しくして、お腹をへっこませたまま、呼吸をする」というのがドローインというもので、呼吸するところがミソなのだった。

これは、私がふつう腹囲を測る場合に「息を吐いて」「リラックスして」というのはおかしい、と。その息は腹式呼吸か胸式呼吸かによって違ってしまう。と指摘したのが「いいところを衝《つ》いていた」ということである。

ドローインでは腹式呼吸が基本になる。吐くときにお腹をへっこますわけだ。

私は、この自説の「お腹へっこまし法」に自信をつけ自慢もしてしまった。すいません。あとは理論から実践に移すだけだ。この実践がなかなか難しい。

〆切《しめきり》の効用

この連載のタイトルは「生きてく工夫」というのである。今回が第47回というのだから、かれこれ47か月も続けてきたことになる。大変なことである。

大変なのは「きょうの健康」の担当編集者であるK記者である。毎月、必ず〆切ギリギリになるのである。大変申し訳ないことだけれども、結局、判で押したように、キチンキチンとギリギリなのだった。

次回で、この連載も最終回を迎えることになったので、最終回は第48回となるのだ。一口に48回といって、これは48か月ということであるから、年数でいうなら四年である。

なんだ四年か……と思う方もおありかと思う。なにしろ年齢がいくと、一日の過ぎるのが、ものすごく早い。一週間は七日だけれども、実感とすると「アッ」という間なのだ。

そしていまは、実は12月14日なのであって、金曜日なので、今日のうちに原稿を編集部に送らなくては「大変困る」方がいらっしゃるという状況である。

そういう時にのんびりしたことを言ってまことに恐縮だけれども、一年過ぎるのも四年過ぎるのも、実感としては、過ぎてしまえば

「アッ」

という間なのだった。これは冗談を言っているのではなくて、ホントウのことである。みなさんも私のトシ（いま71歳ですけどネ）になってみれば、

「全く、その通りだね」

と、賛成してもらえると思います。ホントウなのだ。しかるに、自分はまだ老人になったという実感はない。このままなら、アッという間に80になるし、そう

こうするうち90で、その辺でたいがい死ぬはずだが全くそう思っていない。

これは人によるかもしれないが、私は自分がいくつまで生きるか、決めていなかったし、具体的に考えたことがなかったからに違いない。

タイトルが「生きてく工夫」なのに、いつ死ぬか決めていなかったのである。と、いま思った。〆切間際になったから考えたので、いずれ、深い考えのあるわけではないけれども、設問自体は、案外深いかもしれない。といま思った。

いまからでも遅くないから、一体、いくつまで生きるつもりか決めておこう！

最初に考えたのは、100歳で死ぬことにする、という考えだ。私の母は生前
「あたしは100まで生きる」

と断言していた。私と同じで深い考えはなかったと思う。

91歳になった頃、私は母の誕生日に、リクエストのあった「もものカンヅメ」を買ってもっていき、

「ところで、今年、いくつになりました？」と聞いてみたのだった。母は

「101!」

と即答した。10歳さば読んだ! めでたいねえ、もう目標超えましたネ。と言ったらよかったかな、と後で思ったけれども、あの時のままスルーしておくのが最善だったと思う。

結局その年に母は亡くなったのだが、あの自信たっぷりの返答は計算違いだったのか、計算違いのふりだったのか、それはナゾとして残ったけれども、大変、ほがらかな思い出にはなったのである。

自分も「100まで生きる」ことにするのも1つのアイデアではあるけれどもいや、これも「アリ」かもしれないな、といま思ったのは、

「80で死ぬ」

ことにする、というアイデアである。

こうすると、ものすごく自分が死ぬことがリアルになる。来年、つまりこの文章が「きょうの健康」にのっている、きょうには、もう数えで73なのであり、半

年たてば満でも72である。

先に述べたように、一年でも「アッ」という間なのであるから、その後の8年だって「アッ」という間だ。

しかし8年後を〆切にしておけば、どんなに怠け者で、先のことが考えられなくても「もういくらもないな」という気持にはなる道理で、ほんとうにやりたいこと、好きなこと、最優先にすべきこと、などについて、今よりはずっと、クリアになるはずだ。

どういう工夫をしたら、思い残すことなく、ああ楽しい人生だったな、と死んでいけるのか、考えられるではないか。名案じゃないか〆切に考えたにしては。

あ・・・・

最後に生きてく工夫

門松は　冥途の旅の一里塚
めでたくもあり　めでたくもなし

という歌をつくったのは一休さんだという話です。そろそろ松がとれるころにこんなことを思い出したのは、前回、自分の寿命の〆切《しめきり》を八十歳にしたからかもしれません。

いままでは「一休さんエンギでもないこと言うなア、正月早々」と思ってたんですが、アレレ？　これはけっこう「深い」話なんじゃないかなと思ったんですよ。

エンギでもないと思ったのは「人間はいつか死ぬ」ってアタリマエのことを、とりあえず言わないことにして暮らしてたからでした。でも「まアそうだ」とも思ってるわけです。

八十歳〆切っていう考えも、言ってみればエンギでもないって、いままでだったら思ってたことですね。でも八十歳ったらけっこう「いい方」ですよねェ、いや、かなりいい方だと思う。

それをエンギでもないと思ってたってことは、百ならいいのか？

百歳老人がいま、ふえてるそうです。学問的対象にもなってるらしい。

でも、百近くになってる人に、

「そろそろ〆切ですね」

といったら、やっぱりエンギでもないって話でしょ。

つまり「永遠に生きてる」ってのがエンギいいってことで、これはウソです。

われわれが、自分が「いつ死ぬか」とかあんまり口にしないのは、エンギわるいと思ってるからだけど、そうこうするうちに「死なないかもしれない」とか思うようになってるのかもしれない。

そこで「いいや、やっぱり人間はいつか死ぬ」と考えるというのが諦める、ってことなんではないか、諦めるというのは明らかにする、ということなのだ、というのは、この連載のはじめのころに書いたことです。

どっかで聞きかじったことを書いたんです。それを連載が終わる頃になって、なるほどそうだなと思ってるわけで、まア、この程度のヤツが書いていた。

そうして、一休さんの歌が、このあたりのことを、うまいこと言ってるんじゃないか？　と思ったわけです。

一休さんは正月とかいって一年ずつトシとってくのは、少しずつあの世に近づいてるってことだ、めでたくないじゃないか。と言ってるわけじゃないんですね。

めでたくもあり、めでたくもなし、と言ってる。「人間はいずれ死ぬ」けれども死ぬまでは生きてる。

生きてるということがつまり「苦」だ、とお釈迦《しゃか》様は言ったそうだけど、でもまア、「どうせ死ぬ」とばっかり毎日思ってるわけじゃない。まア、時には楽しいことだってあるじゃないですか。

マジメな人は、思いつめて「どうせ」のことばっかり思ってしまうけれども、うっかりしてるタイプは、そういうエンギでもないことはナシ、わすれろわすれろ、と言って、そのうちほんとうにわすれてしまう。

わすれていたって、テキはどんどんせまってきますからね。アチコチ痛くなったり、目がかすんだり、耳が遠くなったり、そのうち「そろそろ〆切です」みたいなことになると、びっくりして、あわてることになる。

だから、〆切を自発的に決めておくってのは、けっこういいアイデアなんですよ。別に〆切がきたけど、まだ生きてたっていいんですからね、なにも、几帳《きちょう》面《めん》に〆切だから死ななきゃって、リチギにすることはない。

これは一種の「悟り」じゃないのか？

と思ったんですよ。「悟り」ってのは、単に「人間いずれ死ぬ」ってことだったんじゃないのか？

とっくに知ってると思ってたようなことが、つまり「悟り」なんではないか。「どうせ死ぬんだ」っていうのは悟りじゃない。そうか、いずれ死ぬんだなってのが悟りなんでした。

正岡子規は「平気で死ぬのが悟りと思ってたが違う、平気で生きてるのが悟りだった」という意味のことを書いてます。平気で、ってものすごく痛い病気を子規はしていたので、この平気はかなりすごい平気です。

まあ、生きてるってのは、めでたくもありめでたくもなし、って一休さんの感想も大したものですね。

あとがき

最後まで、読んでくださってありがとうございます。

本になるので通読してみますと、ほんとにおどろいてしまうのは、健康のためになにか始めようとして、たいがい途中でほうりだしてしまうことで、しかも忘れたころに平気で、また始めることです。

我がことながら、あきれた所行ですが、いま比較的健康ですごしているのについては、本文中に、何度も主張をしている。快便のおかげだろうと思います。

私が快便を目ざしたのは、尊敬する水木しげる先生が、生涯健康でいらしたんですが、旅先で浮かない顔をしている先生に、どうされました？　と同行の足立

倫行さんが質問すると、不満顔で
「クソが出んのですよ！」
と心外そうに仰言った、というエピソードを読んで、なるほど快便は大事だ！と思ったからです。

私の腹囲計測法は、本書の唯一といってもいいくらいの工夫でしたが、これは意外なことに徐々にではありますが効果をあらわしています。本文中では八十五センチが、せい一杯とありますが、現在は八十センチにすることが出来ています。

巻き爪は、時間が解決しました。最後のほうで書いた、八十歳〆切論は、いまでも、なかなかの発明だった。と自賛してます。

本書が完成するについては、春陽堂書店の永安浩美さん金成幸恵さんに、ひとかたならぬお力添えをいただきました。ありがとうございます。

本書はＮＨＫ出版『きょうの健康』（２０１５年４月号〜２０１９年３月号）に連載されたものに、加筆修正したものです。

著者

南 伸坊（みなみ・しんぼう）

イラストレーター・装丁デザイナー・エッセイスト。
1947年東京生まれ。東京都立工芸高等学校デザイン科卒業、美学校・木村恒久教場、赤瀬川原平教場に学ぶ。雑誌『ガロ』の編集長を経てフリー。
主な著書に『ぼくのコドモ時間』『笑う茶碗』（共にちくま文庫）、『装丁／南伸坊』（フレーベル館）、『本人伝説』（文春文庫）、『おじいさんになったね』（海竜社）、『くろちゃんとツマと私』（東京書籍）、『私のイラストレーション史』（亜紀書房）、『ねこはい』（角川文庫）などがある。

生《い》きてく工夫《くふう》

2019年12月20日　初版第1刷発行

著者
装丁・画 ―― 南 伸坊

発行者 ―― 伊藤良則
発行所 ―― 株式会社春陽堂書店
〒104-0061
東京都中央区銀座3丁目10-9　KEC銀座ビル
TEL: 03-6264-0855（代表）
https://www.shunyodo.co.jp/

本文組 ―― WHITELINE GRAPHICS CO.
印刷・製本 ―― 惠友印刷株式会社

乱丁・落丁はお取り替えいたします。

ISBN978-4-394-90358-1 C0095